Manchmal scheint das Leben sich im Kreis zu drehen, lässt uns glauben, in einem Labyrinth gefangen zu sein. Obwohl wir wissen, dass es einen Ausgang gibt, irren wir darin umher ohne die Richtung zu kennen.

So ergeht es Maren, die hofft, in Deutschland die Lösung ihrer Probleme zu finden, doch dabei hat sie einen wesentlichen Aspekt übersehen. Auch Sean sucht nach einem Weg, dessen Ziel jedoch ein ganz anderes ist. Beide müssen sich aus den Mauern befreien, die sie um ihre Gefühle herum aufgebaut haben.

Unusual Ways

Iris H. Green

© Oktober 2020 Iris H. Green · www.irish-romance.de
Lektorat: Ursula Hahnenberg · www.buechermacherei.de
Covergestaltung/Satz & Layout/e-Book: Gabi Schmid · www.buechermacherei.de
Fotos: Privat
Grafiken: #4663290, #83141218, #233011940, #314542510, #238597879, #100516053, #185645980, #343022242, #128078817 | AdobeStock

Druck und Verlagsdienstleister:
tredition GmbH, Halenreie 40–44, 22359 Hamburg

1. Auflage
978-3-347-17404-7 (Paperback)
978-3-347-17405-4 (e-Book)

1.
Hessen, Deutschland

Maren hatte den Großteil ihres Lebens in Frankfurt verbracht. Wie die Stadt ihre Besucher mit Wolkenkratzern aus Stahl und Glas blendete und ihre historischen Wurzeln erst auf den zweiten Blick zu erkennen gab, war sie gut darin, ihre Gefühle zu verstecken — sogar vor sich selbst. Gerade jetzt war ihr Herz nur ein Muskel, der sie am Leben erhielt.

Natürlich kannte Maren auch den Flughafen recht gut. Dennoch war sie nach kaum drei Jahren in der relativen Einsamkeit Connemaras nicht auf die Menschenmassen vorbereitet, die sich durch die Gänge und Hallen schoben. Sie sagte sich, dass das wahrscheinlich an der gerade stattfindenden Buchmesse lag. Immerhin hatte sie Glück gehabt, überhaupt eine Unterkunft zu finden. Natürlich nicht in Frankfurt, das hatte sie erst gar nicht versucht, und auch nicht in einem Hotel. Als sie dem Vermieter am Telefon gesagt hatte, dass sie seine Ferienwohnung in Mörfelden-Walldorf bis Anfang Februar mieten wollte, hatte er ihr sogar einen Sonderpreis eingeräumt.

»Wie Sie sich denken können, sind im Umkreis sämtliche Hotels und Pensionen ausgebucht«, hatte er gesagt, ihr für die Nacht von Freitag auf Samstag das Gästezimmer in seiner Wohnung angeboten und ihr seine Adresse in Langen gegeben. Alfons Schmidtbauer war Sicherheitschef bei Fraport gewesen, seit sechs Jahren im ›Unruhestand‹, wie er es nannte, und freute sich über ihre Gesellschaft beim Abendessen, das sie gemeinsam zubereiteten.

»Hab nie die richtige Frau gefunden, also lernt man irgendwann kochen, kann ja nicht ständig auswärts essen«, sagte er vergnügt, während er eine Flasche Wein und zwei Gläser auf den Tisch stellte. Maren schwieg und konzentrierte sich darauf, Tomaten und Mozzarella in gleichmäßige Scheiben zu schneiden. Überhaupt war er recht gesprächig, gab Anekdoten vom Flughafen zum Besten und fragte wenig, was Maren nur recht war. Er gab sich mit der Auskunft zufrieden, dass sie für ein irisches Reiseunternehmen arbeitete und hauptsächlich beruflich hier sei.

Der in Irland übliche, unverbindliche Smalltalk, der selbst bei Sturm und Platzregen mit: »Nice weather today, isn't it?« begann, und sowohl banale als auch tiefschürfende Themen beinhalten konnte, kam ihr an diesem Abend fehl am Platz vor – und dennoch vermisste sie ihn. Insgeheim verfluchte sie Sean; es war allein seine Schuld, dass sie ›The Ferns‹, das seit fast drei Jahren ihr Zuhause war, hatte verlassen müssen. Was hätte sie sonst tun sollen? Ihm verzeihen? Auf keinen Fall!

Am nächsten Morgen – nach einem ausgiebigen Frühstück samt weiteren Schilderungen von Herrn Schmidtbauers Erlebnissen hinter den Kulissen des Flughafens – folgte Maren in ihrem Mietwagen seinem Auto nach Mörfelden-Walldorf.

Das Haus stand in einer Sackgasse und die Haustür besaß ein Zahlenschloss, dessen Kombination 3891 lautete.

»Das kann ich mir gut merken, es ist mein Geburtsjahr

rückwärts«, sagte Maren und das war das persönlichste, was sie von sich preisgab.

»Meine Schwester hat bestimmt schon alles geputzt und aufgeräumt, aber ich schau gern selbst, ob die Vormieter nichts vergessen haben«, meinte er augenzwinkernd, während er ihr half, das Gepäck ins Dachgeschoss zu tragen. »Alma freut sich übrigens, dass Sie auf ihre Dienste verzichten. Jetzt kann sie ihre Tochter besuchen, die mit ihrer Familie auf einem Weingut in Südafrika lebt. Vielleicht flieg ich einfach mit.«

Dort ist jetzt Sommer, dachte Maren, nickte aber nur, um ihn nicht zu weiteren Details zu ermuntern. Nach einem Rundgang durch die Wohnung überreichte er ihr den Wohnungsschlüssel und schließlich verabschiedete er sich. Mittlerweile war es fast Mittag.

Maren lehnte sich mit dem Rücken an die Tür und schloss die Augen. Endlich nicht mehr lächeln müssen, wo ihr eher nach Weinen zumute war. *Reiß dich zusammen!*

In einem der beiden Schlafzimmer stand ein Doppelbett, im kleineren ein Queen-Size-Bett. Sie rollte ihren Koffer in das größere, hievte ihn auf eine Seite des Bettes und verstaute ihre Kleidung in Schrank und Kommode.

Sie hatte diesen Koffer nicht mehr benutzt, seit sie vor fast drei Jahren Hals über Kopf nach Irland geflohen war. Er hatte auf ihrem Kleiderschrank gelegen, bis sie es leid gewesen war, ihn ständig abstauben zu müssen. Also hatte sie ihn irgendwann heruntergenommen, in einen großen Müllsack gepackt und im ehemaligen Stall von ›The Ferns‹ verstaut. Das musste Ende Mai oder Anfang Juni gewesen sein, jedenfalls kurz bevor sie bei ›Doyle & McLeary Bustours‹ angefangen hatte. Wahrscheinlich, nachdem sie von ihrem Kurztrip durch County Clare zurückgekommen war, für den ihr Bordcase völlig ausgereicht hatte.

Es war ein Test gewesen. Sie hatte herausfinden wollen, wie sie fünf Monate nach Victors Tod auf Orte reagierte, an denen sie gemeinsam gewesen waren. Zum Beispiel die Küstenstraße zwischen Ballyvaughan und Doolin, die kaum jemand benutzte, weil sowohl Einheimische als auch Touristen lieber die N 67 über Lisdoonvarna nahmen. Der Ort hatte nur knapp tausend Einwohner, begrüßte aber zum alljährlich im Herbst stattfindenden Matchmaking-Festival abertausende heiratswillige Singles, nicht nur aus Irland, sondern aus ganz Europa und sogar aus Übersee.

Wie seinerzeit mit Victor hielt sie irgendwo am Straßenrand an, kletterte über Felsbrocken zum Kiesstrand hinunter und schaute aufs Meer, auf Inisheer und Inishmaan. Die Silhouette von Inishmore, der größten der Aran Islands, war nur zu erahnen. Ebenso Victors Präsenz, die allmählich verblasste. Anders als der Schmerz, der sie auch nach einem halben Jahr — meistens ohne Vorwarnung — mit unverminderter Intensität überfiel. Sie wünschte, es wäre umgekehrt.

Nach einer Weile drehte sie sich steifbeinig um und ließ ihren Blick über die schroffen Berge schweifen. Ein paar der helleren Flecken zwischen den Grautönen entpuppten sich als Schafe, auf der Suche nach dem spärlich wachsenden Gras. Vorüberziehende Wolken zauberten Muster aus Licht und Schatten auf die Hänge, was eine ebenso hypnotische Wirkung auf Maren ausübte, wie das Beobachten der Brandungswellen.

Schließlich fuhr sie weiter nach Doolin, aß Suppe und Sodabrot in einem Pub. An den Cliffs of Moher hielt sie nicht an, weil der große Parkplatz an der Straße mit PKWs und Bussen überfüllt war. Eine knappe Stunde später parkte sie kurz vor Kilkee, wanderte dort über die viel urwüchsigeren und kaum besuchten Klippen. Die Einsamkeit der Landschaft entsprach der in ihrem Inneren, was sie seltsamerweise als tröstlich empfand. Als sie von Weitem ein Paar entdeckte, das Arm in Arm am Klippenrand stand, floh sie zu ihrem Auto. Ihre Erinnerungen ließen sich dadurch nicht abschütteln.

In Ennis quartierte sie sich in einem B & B ein und erkundete von dort aus die nähere Umgebung, unter anderem Clarecastle und Quin, in dessen Nähe sich das ›Craggaunowen-Project‹ befand. Sie hatte gelesen, dass die auf dem weitläufigen Gelände rund um die aufwändig restaurierte Burg entdeckten Reste prähistorischer Siedlungen in den sechziger Jahren unter Aufsicht des Kunsthistorikers John Hunt rekonstruiert worden waren. Es gab mehrere Rundhütten innerhalb eines Erdwalls mit aus Holz geflochtenen Palisaden und Wachtürmen. Einige dieser Ringforts, die man auch in Schottland finden konnte, waren bis ins 17. Jahrhundert bewohnt gewesen. Sie spazierte zum See und entdeckte dort ein ›Crannóg‹ aus der Bronzezeit. Die zeltförmigen Reisighütten, die einzeln auf meist in Pfahlbauweise errichteten Inseln standen, waren über einen hölzernen Steg oder aufgeschütteten Damm erreichbar.

Schließlich kam Maren zu einem offenen Unterstand mit dem originalgetreuen Nachbau von St. Brendans Boot, dessen Rumpf lediglich aus einem mit Leder bezogenen Gitter aus Eschenholz bestand. Laut eines alten Manuskripts sollte Brendan mit zwölf Gefährten in einem solchen Curragh über den Atlantik gesegelt sein, auf der Suche nach ›Tír na nÓg‹. Das Land der ewigen Jugend aus der irisch-keltischen Mythologie hatte er nicht gefunden, war stattdessen in Nordamerika gelandet, sechshundert Jahre vor Kolumbus. Das Manuskript war lange angezweifelt worden, bis Timothy Severin 1976 mit diesem Nachbau bewiesen hatte, dass es zumindest möglich gewesen wäre.

Maren, die sich nicht einmal in Küstennähe in einem solchen Boot aufs Meer gewagt hätte, wandte sich dem Wald zu und fand dort einen Ogham-Stone. Sie hatte diese aufrecht stehenden Steine schon an anderen Orten gesehen und wusste daher, dass die an den Kanten eingeritzten Linien archaische Buchstaben darstellten, ähnlich der germanischen Runen. Man hatte die meisten als Namen identifiziert, aber es war unklar, ob es sich dabei um Grab- oder um Grenzsteine handelte. Ein paar Schritte weiter kam sie zu einem Megalithgrab, das dem berühmten Poulnabrone-Dolmen nachempfunden, aber natürlich viel kleiner war als das Original, das sie später, auf halbem Weg zurück nach Galway, ebenfalls besuchte. Inzwischen gab es dort einen Parkplatz, sodass sie nicht, wie erwartet, ihr Auto halb im Straßengraben abstellen musste. Als sie mit Victor hier gewesen war, hatten sie sich einen Weg über den felsigen Boden suchen müssen, nun führte ein Fußweg zum Dolmen, der rundherum mit Seilen abgesperrt war. *Traurig, dass man Menschen vor ihrer eigenen Dummheit schützen muss,* dachte sie.

Zu Moira hatte sie anschließend gesagt, nun hätte sie das Schlimmste überstanden. Zwar hatte Moira ihr nicht widersprochen, schien aber nach Marens Gefühl nicht ganz überzeugt gewesen zu sein.

Als Maren ihre Schuhbeutel und die Kosmetiktasche in den Koffer legte und die Gurte nach innen klappte, ertastete sie unter dem Innenfutter etwas Kantiges zwischen dem Gestänge, das Griff und Rollen verband. Beim Packen war ihr das nicht aufgefallen. Sie zog den Reißverschluss auf und starrte auf ein Buch. Ein Tagebuch.

Cousine Ingrid hatte es ihr geschenkt, zusammen mit einer Liste: ›Fünf Phasen der Trauerbewältigung‹, und ihr einzureden versucht, es würde helfen, ein Trauertagebuch zu schreiben. Maren hatte die Liste umgehend weggeworfen und das Büchlein in einer Schublade versteckt. Irgendwie war es zwischen die Kleidungsstücke geraten, die sie für ihre Flucht nach Irland gepackt hatte. Bis ihre restlichen Habseligkeiten per Spedition geliefert worden waren, war es eines von vier Büchern in ihrem Regal gewesen. Also hatte sie eines Abends doch begonnen, ihre Gedanken und Gefühle aufzuschreiben. Auch die Träume, die sie quälten, in der Hoffnung, sie würden aus ihrem Kopf verschwinden, wenn sie auf Papier gebannt und zwischen zwei Pappdeckeln eingeschlossen waren. Funktioniert hatte es nur zeitweise.

Maren schloss den Koffer und stellte ihn in die Lücke

zwischen Schrank und Wand. Das Tagebuch legte sie zusammen mit ihrem Reisepass in eines der beiden Nachtkästchen, in der Absicht, es nicht zu öffnen. Es gab Wichtigeres, als sich mit ihrer Vergangenheit zu beschäftigen.

In einer Küchenschublade fand sie einen fast neuen A5-Schreibblock, notierte, was sie an Lebensmitteln und Hygieneartikeln brauchte, und fuhr zum nächsten Supermarkt.

Den restlichen Samstag verbrachte sie größtenteils damit, zwei Listen zu erstellen. Eine mit den Kontaktadressen von Volkshochschulen in der näheren Umgebung, bei denen sie vielleicht Interesse an einer Rundreise mit ›Doyle & McLeary Bustours‹ wecken konnte, die andere mit Namen und Telefonnummern von Scheidungsanwälten. Am Montag würde sie diese anrufen, um Termine zu vereinbaren. Die einen wie die anderen.

Am Sonntag arbeitete sie an der Präsentation, die sie mit Ciara begonnen hatte und die hauptsächlich aus Fotos bestand, mit nur wenig Text dazwischen. Die Leute sollten ja nicht lesen, sondern zuhören, was sie erzählte. Sie markierte einige ihrer gespeicherten Musikstücke, um sie an den passenden Stellen gezielt ansteuern zu können.

Nachmittags meldete sich Ciara via Skype und Maren lief mit dem Laptop durch die Wohnung, um sie ihr zu zeigen.

»Gestern kam ich zufällig an einem Handyladen vorbei und hab mir eine SIM-Karte eines deutschen Anbieters gekauft. Schließlich werde ich hauptsächlich lokale Telefonate führen, da ist das günstiger. Schreib dir die Nummer auf, aber gib sie sonst niemandem. Von Zeit zu Zeit werde ich meine irische Mailbox abhören, einmal pro Woche oder so; die Ansage hab ich schon entsprechend geändert.«

Ciara wiederholte die Nummer, die Maren ihr diktierte, und fragte dann: »Und wie geht es dir sonst? Was machst du?«

»Ich werde jetzt ein wenig spazieren gehen, es hat fast siebzehn Grad draußen, obwohl die Sonne sich rar macht. Später schau ich mir vielleicht einen Film im Fernsehen an. Es liegen auch ein paar Bücher im Regal. Falls ich mich auf das eine oder das andere konzentrieren kann.«

»Du solltest ausgehen. Amüsier dich ein wenig.«

»Danke, kein Bedarf.«

Nachdem Ciara ihr den neuesten Nachbarschaftsklatsch erzählt hatte, beendeten sie das Gespräch.

Da Maren nach ihrem Spaziergang weder einen Film fand, der sie interessierte, noch sich für eines der Bücher entscheiden konnte, holte sie doch das Tagebuch aus dem Schlafzimmer. Ohne ihre früheren Einträge zu lesen, schlug sie die nächste leere Seite auf und begann zu schreiben.

2.

Marens Tagebuch

Ich bin sechsunddreißig Jahre alt und habe schon zwei Ehemänner verloren. Den einen unter einem LKW, den er nicht kommen sah, den anderen in einem Bett, in dem er nichts zu suchen hatte. Während der erste die Begegnung nicht überlebt hat, erfreut sich der zweite nach seinem Fehltritt bester Gesundheit. Zumindest körperlich. Bei der geistigen bin ich mir nicht sicher, denn obwohl er zugibt, mit seiner besten Freundin aus Kindertagen geschlafen zu haben, behauptet er gleichzeitig, er hätte mich nicht betrogen. Dass Brigid sich meine Freundschaft erschlichen hat, macht es in meinen Augen zu einem doppelten Betrug. Danach hat sie sich elegant aus der Affäre gezogen, indem sie nach Amerika gegangen ist. Angeblich aus anderen Gründen.

Wahrscheinlich telefonieren sie regelmäßig oder schreiben sich Briefe, wie sie es früher getan haben. Richtige Briefe, keine E-Mails. Mit zwölf Jahren war das für sie die einzige Möglichkeit, den Kontakt zwischen Clonakilty im County Cork und Leeds in Yorkshire aufrechtzuerhalten. Und als Sean im Alter von vierundzwanzig Jahren nach Australien ging, konnte er froh sein, überhaupt Briefe aufgeben und erhalten zu können.

Telefonieren oder gar skypen war so gut wie unmöglich. ›Das Outback ist ein einziges Funkloch, die stecknadelkopfgroßen Lücken muss man erst einmal finden‹, hat er einmal gesagt. Fast sieben Jahre lang hat er dort nach Opalen geschürft, mal mehr, mal weniger erfolgreich.

Brigid war unterdessen mit einem Engländer verheiratet, der sie systematisch zum Krüppel geschlagen hat, körperlich wie seelisch. Als sie das Sean schließlich beichtete, drängte er sie dazu, Trevor Harrison sofort zu verlassen. Er versprach ihr, ebenfalls nach Irland zurückzukehren, damit er sich um sie kümmern konnte. Das hat er beinahe fünf Jahre lang auf ziemlich unorthodoxe Weise getan, bis sie ihn am Ende dazu gebracht hat, zu weit zu gehen.

Mein Mann war, was Frauen betraf, kein Kostverächter, er hat früh damit angefangen und seine Fähigkeiten als Liebhaber fleißig trainiert. Hätte er mit Brigid geschlafen, bevor wir uns kennenlernten oder wenigstens vor unserer Hochzeit, wären wir vielleicht immer noch zusammen. Also im ersten Fall, im zweiten hätte ich seinen Antrag wahrscheinlich nicht angenommen, müsste mich jetzt nicht damit herumschlagen, eine Scheidung zu erwirken. Die er rigoros ablehnt, da er sich keiner Schuld bewusst ist.

Ausgerechnet im erzkatholischen Irland zählt Ehebruch nicht als Scheidungsgrund. Seit 1995 ist es zwar möglich, dass auch irische Ehen geschieden werden können, allerdings muss die nachweislich ›hoffnungslos zerrüttet‹ sein.

Ich bin unter anderem nach Deutschland zurückgekehrt, um herauszufinden, ob ich mich, obwohl wir in Irland geheiratet haben und beide dort leben, nach deutschem Recht scheiden lassen kann. Immerhin habe ich noch einen deutschen Pass.

Der zweite Grund, warum ich aus meiner Wahlheimat geflohen bin, ist, dass die Winterpause vor der Tür steht und Sean fast fünf Monate lang keine Reisegruppen kreuz und quer durch Irland führen wird. Seine ständige Anwesenheit in ›The Ferns‹ würde es mir extrem erschweren, wenn nicht unmöglich machen, mein Vorhaben durchzuziehen. Weil ich seiner körperlichen Anziehungskraft nicht widerstehen kann, was er natürlich weiß und vor zwei Wochen schamlos ausgenutzt hat. Ich hätte damit rechnen müssen. Er ist genauso verrückt nach mir wie ich nach ihm.

Es war reiner Selbstschutz, dass ich im August ›The Ferns‹ in eine Festung verwandelt habe. Damit ich ihm überhaupt — durch die verschlossene Tür — sagen konnte, er solle verschwinden und schließlich, ich wolle mich von ihm scheiden lassen. Aber wollte ich das wirklich? Will ich es noch?

Mit Victor, meinem ersten Mann — in jeder Beziehung — hatte ich ein durchaus erfülltes Sexleben. Das hat mich allerdings nicht im Geringsten darauf vorbereitet, was ich mit Sean erlebe. Schon allein seine Stimme zu hören, treibt meinen Puls in die Höhe. Sein Geruch nach Heu und Kräutern mit einem Hauch Leder, der von seiner Lieblingsjacke stammt, lässt mich zittern. Sobald er mich berührt, und sei es nur mit einem Finger an meiner Wange, werde ich zu einem Stück Butter in der Sonne. Und erst sein Geschmack . . .

Als er das erste Mal ›The Ferns‹ betrat und seine Lippen verlangend auf meine trafen, wollte ich nur eins: mit ihm verschmelzen, im wahrsten Sinne des Wortes. Wollte unter seine Haut kriechen, ihn in mir spüren, in jeder Zelle meines Körpers. Obwohl er genauso erregt war wie ich, ließ er nicht zu, dass ich mich an seinen Unterleib presste und prompt bin ich in seiner Hand gekommen. Explodiert wie ein Eiswürfel, der in eine Pfanne mit heißem Öl fällt. Dabei hat er lediglich den Druck erwidert, blieb ansonsten völlig reglos — bis auf seine Zunge in meinem Mund.

Und was er danach mit mir gemacht hat … so stelle ich mir einen LSD-Trip vor. Ich konnte Farben schmecken, Gerüche sehen, war vollkommen schwerelos und empfindlich wie eine Seifenblase. Zerplatzte natürlich erneut, und schließlich noch einmal, gemeinsam mit ihm. Und das war nicht das letzte Mal an jenem ersten Tag.

Ich muss damit aufhören. Sofort. Es ist nicht gut für mein Seelenheil, diese Erinnerung heraufzubeschwören. Seelenheil? Blödsinn. Ich bin schon wieder nass. Egal, auf welche Weise wir Sex hatten (und wir haben schon mehr ausprobiert, als ich mir je vorstellen konnte), es war jedes Mal eine Offenbarung. Für uns beide.

Einst der größte Schürzenjäger auf zwei Kontinenten hat er sich, seit wir zusammen sind, für keine andere Frau mehr interessiert. Auch nicht für Brigid. Bei jeder Gelegenheit versichert er, ihr nur bei der Überwindung ihres Traumas geholfen zu haben. Weshalb sein Schäferstündchen mit ihr kein Ehebruch gewesen sei, sondern lediglich die Begleichung einer Ehrenschuld.

Er liebt nur mich, von ganzem Herzen und aus tiefster Seele. Und natürlich mit seinem Körper. Darin ist er unübertroffen.

Einmal habe ich zu meiner besten Freundin Ciara gesagt, ihr Bruder sei ein Teufel, der eine Frau ohne Umweg in den Himmel katapultieren kann. Besser kann man es nicht ausdrücken.

Ich bin süchtig nach ihm. Leide unter Entzug: *Cold Turkey – has got me – on the run.*

Ich leide mit dem Kind, das in einem lieblosen Elternhaus aufwuchs, als Erwachsener auf Versöhnung hoffte und stattdessen endgültig verstoßen wurde. Ich habe Verständnis für den Heranwachsenden, der in zahllosen fremden Betten nach Anerkennung und Liebe suchte, auch wenn er Letzteres vor sich selbst leugnet.

Ich nehme ihm übel, dass ich ›The Ferns‹ verlassen musste, meine einzige Zuflucht nach Victors Tod, obwohl es meine Entscheidung war, nach Deutschland zurückzukehren. Zu fliehen, wie ich damals von hier nach Irland geflohen bin.

Ich vermisse den Blick auf den Lough Corrib, an dessen Ufer mein Cottage steht, vermisse das Spiel von Licht und Schatten, wenn die Wolken über das Wasser, die grünen Hügel oder die kargen Felswände der Twelve Bens ziehen. In Irland scheint der Himmel viel näher zu sein als irgendwo sonst auf der Welt. Vielleicht habe ich vor drei Jahren unbewusst gehofft, Victor dort näher zu sein als unter dem grauen deutschen Winterhimmel. Aber meine Einsamkeit war dort ebenso unerträglich wie hier.

Auch Sean vermisse ich schmerzlich, nicht nur im Bett. Manchmal lese ich die Gedichte, die er mir schrieb. Romantisch, melancholisch und erotisch, obwohl sich keine einzige der zweideutigen Anspielungen darin findet, mit denen er mich anfangs zur Weißglut getrieben hat.

Wenn ich es mir richtig geben will, höre ich mir seine Sprachnachrichten an. *Gut geschlafen, mein Engel? Ich träume von dir. Vermisst du mich? Ich liebe dich, Schattenelfe. Du fehlst mir.* Immer wieder: *Ich liebe dich.* Es ist zum Verrücktwerden.

Ich liebe dich auch, will ich ihm sagen, aber ich tue es nicht.

Dienstag, 29.10.2019

Meine Gedanken und Gefühle in Worte zu fassen und aufzuschreiben, hilft ein wenig. Einfach festhalten, was mich bewegt und was ich tue. Nicht täglich, manchmal schreibe ich morgens meine Träume und abends meine Erfolge auf – so es denn welche gibt.

Meine Träume aufzuschreiben und sie damit ein zweites Mal zu durchleben, ist eher kontraproduktiv, denn sie sind größtenteils sexueller Natur. Aber das ist alles, was ich habe. Vielleicht kann ich die Bilder aus meinem Kopf vertreiben, wenn ich versuche, sie in Worte zu fassen. Außerdem kann ich, wenn ich einen Kugelschreiber in der Hand halte, nicht gleichzeitig … was sowieso nur ein dürftiger Ersatz ist. In Wahrheit macht Selbstbefriedigung alles nur noch schlimmer.

Sean fehlt mir ganz schrecklich. Manchmal schaue ich mir das Selfie an, das er mir vor einigen Wochen geschickt hat: Er steht nackt vor einem Spiegel und denkt ganz offensichtlich an mich. Das ist purer Masochismus.

Morgen habe ich einen Termin bei einem Anwalt, der auf internationales Scheidungsrecht spezialisiert ist.

3.

Winterpause

Sean bemühte sich, niemanden aus der schwedischen Reisegruppe merken zu lassen, wie lustlos und unkonzentriert er sie durch Dublin führte, ihnen die Darstellungen auf den Hochkreuzen in Monasterboice erklärte oder dass er sie allzu bereitwillig den Guides in Newgrange übergab. Er spulte einfach sein Programm ab, gewürzt mit humorvollen Anekdoten, die er schon hundert Mal zum Besten gegeben hatte, beteiligte sich an den Tisch- und Pubgesprächen, lachte pflichtschuldig über ihre Witze und zwinkerte der einen oder anderen Schwedin zu.

Alva und Luna, zwei Schwestern, hingen förmlich an seinen Lippen und ließen keinen Zweifel daran, nähere Bekanntschaft damit und mit dem Rest von ihm schließen zu wollen, gern auch gemeinsam. Das kam natürlich nicht infrage. Zum einen, weil er sich vertraglich dazu verpflichtet hatte, nie etwas mit weiblichen Gästen anzufangen, zum anderen, und das war der Hauptgrund: Sie waren nicht Maureen, seine Schattenelfe, sein Engel. Jeder seiner Gedanken galt ihr, zu jeder Zeit, Tag und Nacht. Wo war sie, was machte sie, wen traf sie? Vermisste sie ihn, wie er sie vermisste?

Nach dem Ende der Tour fuhr er zu ›The Ferns‹, in der leisen Hoffnung, Maureen hätte es sich anders überlegt und wäre zurückgekommen. Jetzt stand er vor dem Kamin und fragte sich, was er hier wollte. Sie war weg und doch sah er sie überall. Wie sie sich über die Lehne der Couch beugte, um ein Kissen aufzuschütteln, und er hinter sie trat, ihren Rock hob, unter dem sie nackt war, rasch seine Shorts herunterzog, gerade so weit, dass er in sie eindringen konnte. Oder wie sie vor dem Regal kniete, ihn mit Lippen und Zunge vergessen ließ, nach welchem Buch er suchte.

Egal, wohin er ging, in die Küche, ins Bad, ins Schlafzimmer, ihr Duft begleitete ihn. Das ganze Cottage roch nach ihr, atmete wie sie, flüsterte mit ihrer Stimme: ›Sean, mein himmlischer Teufel‹. Nun war er in der Hölle gefangen. Allein. Der Schmerz in seinem Herzen war weit schlimmer als das Pochen in seinen Lenden.

Und immer wieder: Wo war sie jetzt, was machte sie gerade – und mit wem? Nein, das war nicht ihre Art. Seine schon eher; früher, bevor er sie kannte. Zwischen seinen Touren hatte er immer nach einer Gespielin Ausschau gehalten, nie vergebens. One-Night-Stands. Stressabbau.

Dann war er Maureen begegnet, die sich in seine Gedanken geschlichen hatte wie ein Schatten – seine Schattenelfe. Seither war alles anders.

Sie reagierte weder auf Sprach- noch Textnachrichten, hatte zweimal seinen Anruf weggedrückt, und inzwischen kam die Ansage: »Maren McLeary ist zurzeit unter dieser Nummer nicht direkt erreichbar. Nachrichten auf der Mailbox werden nur sporadisch abgehört.« Hatte sie ein neues Mobiltelefon? Vielleicht auch nur die SIM-Karte eines deutschen Netzbetreibers.

Er rief Ciara an.

»Du weißt, wo sie ist«, sagte er ohne sonstige Begrüßung.

»Du auch. Sie ist in Deutschland«, antwortete Ciara. »Und dir auch einen schönen Tag, Bruder. Bist du zu Hause?«

›The Ferns‹ fühlte sich nicht nach Zuhause an ohne Maureen. Er bejahte trotzdem.

»Wo ist Maureen? Hast du ihre neue Telefonnummer? Ihre Adresse?«

»Natürlich, aber die sage ich dir nicht. Es geht ihr gut.«

»Mir nicht, danke der Nachfrage. Verdammt, Ciara, ich bin ihr Ehemann, ich habe das Recht, zu wissen, wo sie ist.«

»Daran hättest du früher denken sollen. Machst du eigentlich vor nichts halt? Ausgerechnet Brigid, ich bitte dich!«

»Darüber rede ich mit dir nicht. Gib mir Maureens Adresse, sag mir wenigstens, in welcher Stadt sie ist.«

»Damit du hinfahren und sie suchen kannst? Du sprichst kein Wort Deutsch.«

»Die meisten Deutschen sprechen Englisch. Natürlich will ich hinfahren. Ich darf sie nicht verlieren. Sie ist mein Leben.«

»Es ist irgendein Dorf, dessen Namen ich nicht aussprechen kann. Du weißt, dass sie dich nicht sehen will. Wenn sie es wollte, hätte sie sich bei dir gemeldet.«

»Hast du die Nummer von ihrer Cousine oder einer ihrer Freundinnen? Vielleicht ist sie dort, oder sie wissen wenigstens, wo sie ist, und können es mir sagen.«

»Hast du die nicht?«

»Nein, wozu? Maureen hat sie in ihrem Smartphone gespeichert. Aber du müsstest die Adressen haben, du hast doch allen die Einladung zu unserer Hochzeit geschickt.«

»Maren dreht mir den Hals um, wenn ich dir die gebe.«

»Und ich dreh ihn dir um, wenn du es nicht tust.«

»Das Risiko gehe ich ein. Bitte, Sean, mach es mir nicht so schwer. Du bist mein Bruder, ich liebe dich, natürlich würde ich dir gern helfen, trotz allem. Aber ich habe ein Versprechen gegeben. Wir McLearys halten unsere Versprechen — normalerweise. Bei manchen setzt hin und wieder das Gehirn aus. Vor allem, wenn sie eine Muschi riechen. Dann ist es plötzlich egal, wem sie gehört.«

»Du bist vulgär, Schwester, das passt nicht zu dir. Wie oft muss ich es noch sagen? Ich habe meine Frau nicht betrogen! Ich habe lediglich ein Versprechen eingelöst.«

»Du behauptest immer, wir würden dich nicht verstehen. Du bist es, der nicht begreift, was er getan hat. Jetzt musst du mit den Folgen leben. Es tut mir leid.«

Er drückte das Gespräch weg und warf frustriert das Smartphone auf die Couch. Versuchte, sich abzulenken, indem er die Unterlagen der letzten Tour sortierte. Die Listen mit den Anmeldungen, Adressen und Telefonnummern der Teilnehmer brauchte er nicht mehr; die Kontaktdaten sämtlicher Touren waren im Computer gespeichert. Maureen hielt dort auch weitere Informationen fest, besonderer Service eines Hotels oder das Fehlen desselben, Hinweise und Empfehlungen für folgende Touren. Er zerknüllte die Listen und legte seine Notizen beiseite. Darum musste sich jetzt wieder Ciara kümmern.

Plötzlich hatte er eine Idee, ging in das kleine Zimmer, das sie als Arbeitszimmer nutzten und in dem auch ein Gästebett stand. Dorthin hatte sie ihn zuletzt verbannt, aber kurz vor ihrer Abreise war sie mitten in der Nacht zu ihm gekommen, und ...

»Gib Ruhe, Strongboy«, knurrte er und schaltete den Computer ein.

Da waren die Touren aufgelistet, die Unterordner jeweils mit Datum versehen. Er klickte auf ›Nordirland‹, dann auf Mai letzten Jahres. Öffnete die Teilnehmerliste. Da war er, gleich an erster Stelle: Berger, Leander, MSI Wiesbaden, daneben seine Privatadresse, Telefonnummer und E-Mail. Sein einstiger Rivale. Soweit er wusste, hatten sie seit damals keinen Kontakt mehr gehabt – aber wusste er es wirklich? Sie hätte es ihm gesagt, wenn er jemals danach gefragt hätte, aber sie hatten seinen Namen nie mehr erwähnt, seit er an jenem ersten Tag hatte wissen wollen, ob sie mit ihm geschlafen hatte. Auch da hatte sie nur gesagt: ›Ich wünschte, ich hätte es nicht getan‹. Mehr hatte er nie wissen wollen.

L. B. War es möglich, dass sie bei ihm war? Unwahrscheinlich, aber vielleicht ja doch. Er holte sein Smartphone und tippte die Nummer ein, die auf der Liste stand. Ein Anrufbeantworter sprang an, dessen Ansage er nicht verstand. Er hinterließ keine Nachricht, wählte stattdessen die Büronummer.

»Hessisches Ministerium für Soziales und Integration, Christa Sauer am Apparat, was kann ich für Sie tun?«, meldete sich eine Frauenstimme.

Wieder verstand er kein Wort. Er ging aber davon aus, dass diese Frau Englisch sprach, wenn sie schon für die Regierung arbeitete.

»Hier ist Sean McLeary von ›Doyle & McLeary Bus-

tours‹ in Irland. Ich bin auf der Suche nach …«, er unterbrach sich. Hatte er ›meiner Frau‹ sagen wollen? »… Ihrem
Kollegen, Mister Berger«, fuhr er fort, »der im letzten Jahr
an unserer Nordirlandtour teilgenommen hat.«

»Oh, der arbeitet nicht mehr hier, er ist jetzt im Innenministerium, Bereich Sport und Freizeit. Ich habe seine Aufgaben
übernommen, also können Sie mir sagen, wenn es Änderungen am Programm gibt. Es geht um den Brexit, nicht wahr?«

»Keine Änderungen. Vorläufig jedenfalls. Niemand weiß,
wie die britischen Parlamentswahlen am 12. Dezember ausgehen und was danach passiert. Falls es wieder zu Unru-
hen kommen sollte, werden wir die Tour natürlich aus dem
Programm nehmen. Ich wollte Mister Berger eine eher pri-
vate Frage stellen. Dann versuche ich, ihn später zu Hause
zu erreichen. Danke, Frau Sauer.«

»Soweit ich weiß, nimmt er zurzeit an einer Inspektions-
runde teil. Wenn Schulen oder Vereine Zuschüsse für Sport-
geräte beantragen, erfolgt vor der Bewilligung meistens eine
Prüfung vor Ort. Allerdings habe ich die genauen Termine
jetzt nicht greifbar.«

»Nun, er wird ja wohl irgendwann sein Mobiltelefon
wieder einschalten.«

»Bestimmt am Abend«, stimmte Christa Sauer zu.

Also ist Maureen wenigstens nicht bei ihm, dachte Sean
erleichtert, dann fiel ihm ein, dass sie sich einst während eines
Urlaubs bei ihren Freunden mit L. B. getroffen hatte, um ihm
das Nordirland-Konzept näher zu erläutern.

»Meine Frau ist zurzeit in Deutschland«, sagte er, »wahrscheinlich meldet sie sich bei Ihnen, um einige organisatori-

sche Details zu besprechen. Damit bin ich nicht allzu vertraut, kümmere mich eher um die praktische Durchführung.«

Es war ein Schuss ins Blaue, aber er war ziemlich sicher, dass Maureen die Gelegenheit wahrnehmen würde, eventuelle Alternativen vorzustellen.

»Das hat sie bereits getan, Mister McLeary. Wir treffen uns nächste Woche in meinem Büro. Mittwoch? Nein, Donnerstag. Kann ich sonst noch etwas für Sie tun?«

»Nein, danke. Und vielen Dank für Ihren Hinweis, Frau Sauer. Haben Sie noch einen schönen Tag.«

Sollte sie denken, es sei die Information über L. B., für die er sich bedankte. Nun, das auch, aber die andere war viel wichtiger. Er würde sich ein Ticket besorgen und nach Deutschland fliegen. Er musste nur am Donnerstagmorgen zu diesem Ministerium mit dem ellenlangen Namen gehen und warten, bis Maureen dort auftauchte.

Sean rief bei Aer Lingus an. Am Mittwoch gab es noch einen Platz auf der Abendmaschine nach Frankfurt. Perfekt. Jetzt brauchte er noch ein Hotel in Wiesbaden. Er rief eine Buchungswebsite auf und entschied sich für eins, das nur eine Querstraße vom Ministerium entfernt lag.

Zum ersten Mal seit Maureen ihn vor elf Tagen verlassen hatte, war ihm ein wenig leichter ums Herz. Und es blieben ihm weitere sieben Tage, um sich eine Strategie zu überlegen. Womit könnte er sie überzeugen, mit ihm nach Hause zu kommen? Mit Sex allein sicher nicht.

Wieder dachte er an die Nacht, bevor sie nach Dublin gefahren waren, in der sie in sein Bett geschlüpft war und ihn gebeten hatte, sich fallen zu lassen. Anfangs war es ihm schwergefallen, nicht alles unter Kontrolle zu haben. Das erste Mal hatte er es getan, nachdem sie aus Clonakilty zurückgekommen waren und wider Erwarten war es eine Offenbarung gewesen. Manchmal bat er selbst darum. Hatte darum gebeten, Plusquamperfekt. Nur an der aktuellen Situation war nichts *perfekt.* Sie hatte noch geschlafen, als er am nächsten Morgen, an ihren Rücken geschmiegt, sanft in sie eingedrungen war; hatte sich seinem Rhythmus angepasst, bevor sie richtig wach gewesen war.

Aber im Bus hatte sie nicht mit ihm sprechen wollen und trotz ihres leidenschaftlichen Kusses vor dem Terminal war sie ebenso wortlos darin verschwunden.

Vielleicht musste er selbst nur die richtigen Worte finden, um das Schweigen zu brechen. Ihre Gefühle füreinander nicht nur mit ihren Körpern beweisen, sondern auch ihre intimsten Gedanken teilen. Das war es doch, was Brigid bei ihrem letzten Treffen gemeint hatte, oder nicht?

Früher wäre er nach Galway gefahren, hätte mit ihr über seine Pläne gesprochen, sie um Rat gefragt. Aber Brigid war vor sechs Wochen nach Chicago geflogen, um dort einen neuen Job anzutreten. Dieses Angebot anzunehmen, sei für alle Beteiligten das Beste, hatte sie gesagt. »Es hilft euch nicht, wenn ich hierbleibe, im Gegenteil. *Du* musst das mit Maureen auf die Reihe kriegen. Streng dich an.«

In Wahrheit war es keine Flucht vor Maureens Vorwürfen, so unberechtigt sie auch waren, noch vor dem Dilemma, in das sie Sean mit ihrer Bitte gestürzt hatte, sondern vor Trevor Harrison. Brigids gewalttätiger Ex-Ehemann sollte vorzeitig aus dem Gefängnis entlassen werden und sie befürchtete, er könnte sie aufspüren, um sich für seine Verurteilung an ihr zu rächen. Diesmal endgültig. Sean traute ihm das durchaus zu. Dass Brigid sich damit gleichzeitig den zaghaften Annäherungsversuchen ihres Kollegen Norman entzog, schien für sie ein willkommener Nebeneffekt zu sein.

Inzwischen hatte sie ihm per SMS ihre Adresse mitgeteilt, ohne ein zusätzliches Wort. Geschrieben hatte er ihr bisher nicht, weder einen Brief noch eine Kurznachricht. Trotz allem fehlte sie ihm. Sein Zwilling, die einzige wahre Freundin, die er je gehabt hatte, die ihn ebenso gut kannte wie er sich selbst, womöglich sogar besser.

Wie spät war es in Chicago? Sechs Stunden früher, also Vormittag, was bedeutete, dass sie wahrscheinlich im Büro war. Bevor er es sich anders überlegen konnte, schrieb er ihr eine WhatsApp:

»Miss you. Skype?«

Dazu eine Uhr, deren Zeiger auf fünf vor zwölf standen.

Am nächsten Tag quakte sein Tablet zu exakt dieser Uhrzeit.

»Pech gehabt, falls du Mitternacht meintest oder Chicago-Zeit«, sagte Brigid.

»Ich meinte gar keine bestimmte Zeit und eigentlich ist es für mich längst fünf nach zwölf. Maureen ist in Deutschland. Sie sucht einen Scheidungsanwalt.«

»Und deshalb siehst du aus wie ein verwahrloster Traveller, der gerade seinen Planwagen samt Pferd verspielt hat.«

Sean strich über seine schwarzen Bartstoppeln. Er vernachlässigte sein Äußeres nur, wenn er innerlich zerrissen war, was Brigid natürlich wusste.

»Ich bevorzuge ›Pirat‹. Wie geht es dir, Brigid?«

»Wie es einem um sechs Uhr morgens eben gehen kann. Und nein, ich hab mir nicht extra den Wecker gestellt, ich konnte nur nicht schlafen.«

»Was ist passiert?«, fragte er alarmiert und fühlte sich schuldig, weil er sich erst jetzt bei ihr gemeldet hatte.

»Gar nichts. Mach dir um mich keine Sorgen, es geht mir gut, ehrlich. Ich wohne in einer sicheren Gegend; es gibt sogar einen Concierge, der keinen Fremden ins Haus lässt, bevor er sich nicht beim jeweiligen Mieter vergewissert hat, ob derjenige willkommen ist. Meine Nachbarn habe ich bisher allerdings kaum zu Gesicht bekommen. Meine männlichen Kollegen sind alle verheiratet, bis auf einen über Sechzigjährigen und den Praktikanten, der kaum zwanzig und extrem introvertiert ist. Ein paar der Mädels versuchen, ihn aus der Reserve zu locken, was eher das Gegenteil bewirkt. Er tut mir ein bisschen leid, aber seit er gemerkt hat, dass ich nichts von ihm will, waren wir zwei- oder dreimal zusammen lunchen. In der Nähe des Büros gibt es exzellente Hot-Dog-Stände und eine Sandwich-Bar mit einem tollen Salatangebot.«

»Das freut mich. Tut mir leid, dass ich mich nicht früher gemeldet habe. Ich war …«

»Lass gut sein, Sean«, unterbrach sie ihn. »Ich weiß, dass momentan andere Dinge wichtiger für dich sind. Was kann ein deutscher Anwalt, das ein irischer nicht kann?«

»Keine Ahnung. Vielleicht hofft sie auf eine verkürzte Trennungszeit. Scheiße, Brigid, ich will sie nicht verlieren!«

»Dann mach was, sitz nicht einfach nur herum und tu dir selbst leid. Ich wünschte, ich könnte dir helfen, aber das geht leider nicht. Sieht aus, als sei es letzten Endes eine Schnapsidee gewesen, auf deinem Versprechen zu bestehen.«

»Nur weil niemand nachvollziehen kann, worum es wirklich ging? Ich wäre nie auf die Idee gekommen, es nicht einzulösen. Aber du irrst dich, wenn du glaubst, dass ich schon aufgegeben habe.«

Dann erzählte er ihr, was er vorhatte und dass er bereits einen Flug gebucht hatte. Sie kochten sich beide Tee und unterhielten sich über verschiedene Möglichkeiten, wie er Maureen überzeugen könnte, ihr Vorhaben aufzugeben. Schließlich sagte Brigid, sie müsse jetzt leider Schluss machen.

»Chris hat für mich um neun Uhr einen Termin bei ihrem Psychotherapeuten ausgemacht; vielleicht bringt's ja was. Übrigens wissen hier alle, dass sie auf Frauen steht, aber sie verhält sich mir gegenüber neutral.«

Sean wünschte ihr Glück und versprach, sich wieder zu melden, sobald er Maureen gefunden hatte.

Am Samstag rief Ciara an und lud Sean zum Sonntagsbrunch ein.

»Wie ich dich kenne, lebst du von Toast und Rühreiern«, sagte sie. »Das ist kein Essen für einen erwachsenen Mann. Ich habe jede Menge Lammkoteletts und Mischgemüse. Etwas Süßes gibt es natürlich auch.«

»Klingt verlockend. Ich komme«, stimmte er zu, »aber nur,

wenn du deine Zunge im Zaum halten kannst. Standpauken sind das Letzte, was ich brauche.«

»Ich verspreche dir, nicht einmal ihren Namen zu erwähnen.«

»Das darfst du durchaus, am besten in Verbindung mit einer Adresse. Oder zumindest einer Telefonnummer.«

»Vergiss es. Sei um halb elf hier. Die Kinder freuen sich schon auf dich.«

»Sag ihnen, ich mich auch. Also auf sie. Grüß Elmer von mir.«

»Mach ich. Und Sean? Rasier dich.«

Sein Bart war in den letzten zwei Tagen weiter gewachsen, aber da Ciara ihn im Gegensatz zu Brigid nicht sehen konnte, fragte er verblüfft: »Woher weißt du …«

»Ich kenne dich, Bruder.«

Das Gespräch mit Brigid erwähnte er besser nicht. Natürlich verschwieg er seiner Schwester auch, was er über die Pläne seiner Frau herausgefunden hatte. Wie er sie einschätzte, würde sie umgehend Maureen anrufen und sie vorwarnen. Das wollte er unbedingt vermeiden.

Der Brunch bei den Doyles war eine willkommene Ablenkung, zumindest bis Elmer die Sligo-Donegal-Tour erwähnte. Er hätte darüber nachgedacht, sie in der kommenden Saison um einen Tag zu verlängern, und diesen wahlweise in Enniskillen zu verbringen oder eine halbtägige Dampferfahrt auf dem Shannon zu arrangieren.

»Von Sligo bis Carrick-on-Shannon ist es nur eine Dreiviertelstunde«, sagte er. »Vielleicht kann man das eine oder andere historische Gebäude besichtigen, da müsste ich mich aber erst erkundigen. Weißt du mehr darüber?«

Sean schüttelte den Kopf und dachte an die Flitterwochen, die er und Maureen in den nördlichen Countys verbracht hatten. Es war eigentlich eine Mischung aus Geschäfts- und Hochzeitsreise gewesen, mit fließenden Grenzen. Die ersten beiden Nächte hatten sie in Claremorris verbracht und auf dem Weg nach Sligo in Knock Halt gemacht. Seit einer durch den Erzbischof von Tuam anerkannten Marien-Erscheinung im August 1879 war Knock zu einem Wallfahrtsort geworden, der das gleiche Ansehen wie Lourdes und Fátima genoss. Inzwischen verfügte das Siebenhundertfünfzig-Seelen-Dorf über einen internationalen Flughafen, eine futuristisch anmutende Basilika, in der zwölftausend Menschen Platz fanden, und begrüßte jährlich über eine Million Pilger. In dem kleinen Park rund um die Basilika gab es sogar eine Wasserleitung, aus deren im Abstand von zwei Metern angebrachten Hähnen man Weihwasser zapfen konnte. Maureen hatte den Kopf geschüttelt und gemeint, all das hätte mehr mit Kommerz als mit Glaube zu tun.

Von Sligo aus hatten sie das Grab von William Butler Yeats in Drumcliff besucht, aber mehr Zeit direkt vor dem Eingang zum Friedhof verbracht, wo Maureens Lieblingsgedicht ›Cloths of Heaven‹ in die Steinplatten auf dem Boden gemeißelt war. Sie hatten einen ausgedehnten Strandspaziergang unternommen und sich anschließend in der ›Beach-Bar‹ mit Irish Coffee aufgewärmt. Auf der Weiterfahrt hatten sie einen Umweg über Enniskillen gemacht, nicht wegen der Burg oder den Museen, sondern nur, um dort ein traditionelles Algenbad zu nehmen. Wehmütig erinnerte er sich, dass sie das in getrennten Wannen hatten tun müssen. Auf halbem Weg nach Donegal hatten sie dann noch die Porzellanmanufaktur in Belleek besucht.

Natürlich waren sie auch an den Slieve-League-Klippen gewesen, bevor sie nach Letterkenny gefahren waren, der letzten Station ihrer Reise. Von dort aus hatten sie den Glenveagh National Park besucht und an einer Führung durch das Castle teilgenommen. Der als notorisch grausam bekannte John George Adair hatte es in den siebziger Jahren des 19. Jahrhunderts erbauen lassen, nachdem er die dort lebenden rund zweihundert Pächter »aus ästhetischen Gründen« vertrieben hatte. In der Eingangshalle stand noch heute die Waage, auf der sich seine Gäste bei Ankunft und Abreise wiegen lassen mussten, um festzustellen, ob sie zugenommen hatten und ihr Aufenthalt somit ein Erfolg war.

An einem anderen Tag waren sie am Malin Head gewesen, dem nördlichsten Punkt Irlands. Auf dem Felsplateau davor konnte man in riesigen weißen Buchstaben das Wort ›EIRE‹ und die Zahl ›80‹ lesen. Im Zweiten Weltkrieg waren an den Küsten viele solcher durchnummerierten Markierungen angebracht worden, um zu verhindern, dass die Nazis ihre Bomben versehentlich über dem neutralen Irland statt über England abwarfen.

»Lass uns ein anderes Mal darüber reden«, bat Sean. »Zu viele Erinnerungen.«

Er blieb trotzdem bis zum Abendessen und erzählte Polly und Finn hinterher eine Gutenachtgeschichte.

»Bleib doch einfach hier«, schlug Elmer vor, als Sean anschließend zurück in die Küche kam und seine Jacke von der Stuhllehne nahm. »Es wartet sowieso niemand auf dich und ich habe kürzlich einen hervorragenden Whiskey aufgetan.«

»Viele Gelegenheiten dazu wirst du nicht mehr haben«, sagte Ciara mit einem kurzen Seitenblick zu Elmer, der lächelnd nach ihrer Hand fasste und nickte. »Wir brauchen nämlich bald ein weiteres Kinderzimmer. Du weißt schon, dass ihr mir meinen schönen Plan versaut habt, unser drittes und euer erstes wie Zwillinge aufzuziehen? Ich habe keine Namen genannt!«, fügte sie schnell hinzu.

»Deinen bescheuerten Plan hast du dir selbst versaut. Wir waren noch nicht bereit für diesen Schritt. Also bevor …« Er ließ die Schultern hängen, holte dann tief Luft und sah seine Schwester an. »Wie weit bist du denn?«

»Dritter Monat. Polly und Finn wissen es noch nicht, also verquatsch dich nicht.«

»Weiß Maureen … *Ich* darf ihren Namen sagen. So oft ich will. Maureen, Maureen, Maureen.« Seans Stimme wurde immer leiser, dann drückte er mit Daumen und Zeigefinger seine Nasenwurzel. Es tat so verdammt weh. Im Kopf, im Hals und im Herzen.

»Wir haben es noch gar niemandem gesagt.« Ciara schloss ihn spontan in die Arme. »Du bist so ein Idiot, Bruder. Aber sie liebt dich immer noch«, flüsterte sie ihm ins Ohr. »Keine Namen.«

»Danke. Dich liebe ich auch.« Sean drehte sich zu Elmer um. »Wie war das mit dem Whiskey? Trinken wir darauf, dass ich Onkel werde. Schon wieder.«

Am Mittwochmorgen packte er seine Reisetasche, als ginge er auf die nächste Tour. Weil er sich vage erinnerte, was Maureen von deutschen Wintern erzählt hatte, entschied er sich für mehr Pullover als Hemden. Die Windjacke musste reichen, eine wärmere besaß er nicht.

Gegen Mittag fuhr er zur Farm der O'Brians und traf dort gleichzeitig mit Anton ein. Sean blieb neben dem MINI stehen und wartete, bis Anton von seinem Traktor geklettert war.

»Sean«, sagte dieser nur, nickte ihm zu und machte eine einladende Geste zur Seitentür, die direkt in die Küche führte.

Moira war, wie gewohnt, gesprächiger. »Hallo Sean, schön, dich zu sehen. Wie geht es dir? Du kommst genau zur richtigen Zeit. Setz dich, iss mit uns.« Schon nahm sie einen weiteren Teller aus dem Schrank.

»Danke, Moira, aber ich bin auf dem Sprung. Ich wollte nur die Schlüssel für ›The Ferns‹ vorbeibringen. Ich werde eine Weile weg sein, weiß noch nicht, wie lange.«

»Schade. Knobelst du eine neue Tour aus?«

»Nein. Ich muss einfach woanders hin. Seid mir nicht böse, wenn ich gleich wieder gehe. Und danke.« Er zog den Schlüsselbund aus der Hosentasche und legte ihn auf den Tisch. »Ich hoffe, wir sehen uns bald wieder.«

»Gute Reise, Sean«, sagte Moira und drückte ihm kurz die Hand. »Viel Glück.«

»Wirst es brauchen«, fügte Anton plötzlich hinzu.

Nanu, wurde der notorisch wortkarge Mann auf seine alten Tage noch zum Plappermaul? Sean versuchte, nicht allzu erstaunt zu wirken, fragte sich aber, ob die beiden wussten, was er vorhatte und falls ja, woher. Aber wahrscheinlich reimten sie sich das nur zusammen.

Ohne ein weiteres Wort ging er hinaus, stieg in den roten MINI und fuhr nach Dublin, ohne einmal anzuhalten. Am Gate schrieb er Ciara eine WhatsApp:

»I'm off for a while. Call you.«

4.

Justitia

Die blinde Justitia war definitiv nie verheiratet. Allerdings muss man ihr zugutehalten, dass sie kein Mitspracherecht bei der Gesetzgebung hat, sondern nur für deren unvoreingenommene Einhaltung zuständig ist.

Der Anwalt, er hieß Anselm Wagner (Dr. jur.), war ein Mann in mittleren Jahren, weißhaarig und sonnengebräunt. *Golfspieler,* dachte Maren, obwohl nichts in seinem Büro darauf hindeutete. Er verpasste Maren den ersten Dämpfer, als er sagte, es gäbe seit 2012 eine neue EU-Verordnung, bei der die Staatsangehörigkeit bei einer Scheidung keine Rolle mehr spielte, sondern nur der gewöhnliche Aufenthaltsort. Das sei immer derjenige, an dem man sich durchgehend länger als sechs Monate aufhielt. Maren lebte nun schon fast drei Jahre in Irland. Um nach deutschem Recht geschieden zu werden, müsste sie ihren Wohnort für mehr als ein Jahr nach Deutschland verlegen.

»Und wenn ich nun sechs Monate in Irland und sechs Monate in Deutschland lebe?«, fragte Maren, auch wenn sie keinen gesteigerten Wert auf deutsche Winter legte.

Dr. Wagner schüttelte den Kopf. »Bei der Feststellung Ihres gewöhnlichen Aufenthaltsortes spielen auch soziale Kontakte und der Standort Ihrer Arbeitsstelle eine Rolle. Sie gehen in Irland einer geregelten Arbeit nach?«

»Ja. Mein Mann ist sogar einer meiner beiden Chefs«,

gab sie resigniert zu. Und dass ihre wesentlichen sozialen Kontakte mittlerweile auch dort lagen.

Dann schränkte der Anwalt jedoch ein: »Irland ist keiner der Vertragsstaaten dieser Verordnung, in denen automatisch nationales Recht zur Anwendung kommt. Ich müsste allerdings erst nachlesen, ob Sie trotzdem die Möglichkeit der freien Rechtswahl haben, also sich das Gericht aussuchen dürfen. Natürlich müssen beide Ehegatten den Antrag unterschreiben.«

»Und wenn einer der beiden sich nicht scheiden lassen will? Egal wo?«

»Darf ich das so verstehen, dass Ihr Mann Ihre Bemühungen boykottiert?«

»Nur in Bezug auf seine Weigerung, einer Scheidung zuzustimmen, ansonsten tut er eher das Gegenteil. Wussten Sie, dass der Begriff ›boycotting‹ erstmals in der London Times vom November 1880 auftauchte? Er bezieht sich auf Charles Cunningham Boycott, einen britischen Gutsverwalter in County Mayo, der ein arger Leuteschinder war. Bereits wenige Monate nach seiner Amtsübernahme weigerten sich die irischen Pächter, für ihn zu arbeiten. Unterstützung erhielten sie dabei von der ›Irish Land League‹, die Charles Stewart Parnell im Jahr zuvor gegründet hatte. Kein Händler verkaufte oder kaufte etwas von Boycott und selbst die Eisenbahn weigerte sich, sein Vieh zu transportieren. Entschuldigen Sie, dass ich vom Thema abschweife, anscheinend bin ich im Herzen schon mehr Irin als Deutsche und mein Job tut ein Übriges.«

»Nein, ich finde das sehr interessant.« Dr. Wagner lehnte

sich in seinem Schreibtischsessel zurück und schaute sie versonnen an. »Sie arbeiten als Reiseleiterin?«

»Bisher nur als Übersetzerin. Fakt ist jedenfalls, dass mein Mann meine Nähe sucht. Auf äußerst intime Weise. Und ich bin nicht gerade standhaft. Einer der Gründe, warum ich in Deutschland bin und ihm meinen Aufenthaltsort verschweige.«

»Verstehe.« Anselm Wagner nickte und blätterte in einem schmalen Aktenordner, der auf seinem Schreibtisch lag.

Maren bezweifelte, dass er auch nur annähernd nachvollziehen konnte, was sie und Sean verband. *Sexuelle Anziehungskraft* trifft es jedenfalls nicht einmal ansatzweise.

Er notierte etwas auf seinem Block, sah sie dann wieder an und sagte: »Dann bleibt Ihnen nur die Mindesttrennungszeit. In Deutschland reicht ein Jahr. In Irland wird sie nach dem Mai-Referendum demnächst von vier auf zwei Jahre gesenkt werden. Außerdem müssen Sie einen nach irischem Recht anerkannten Scheidungsgrund nachweisen. Soweit ich weiß, gilt nur die hoffnungslose Zerrüttung.«

»Dabei sollte man annehmen, dass im erzkatholischen Irland Ehebruch an oberster Stelle steht. Immerhin verletzt das eines der zehn Gebote, gehört strenggenommen zu den sieben Todsünden. Zudem zeigt mein Mann keinerlei Reue.«

»Das stimmt so nicht ganz, Frau McLeary«, widersprach der Anwalt in freundlichem Tonfall. »Ich möchte keine theologische Diskussion über das 6. Gebot beginnen, aber ursprünglich konnte ein Mann nur die Ehe eines anderen Mannes brechen, eine Frau immer nur ihre eigene. Das können Sie im Alten Testament nachlesen, Levitikus, den Vers weiß ich jetzt nicht. Damals wurden Ehebrecher hingerichtet. Sowohl der Mann als auch die Frau. In den späteren zehn Geboten gibt es keine Unterscheidung zwischen Männern und Frauen, aber selbst zu Lebzeiten von Moses war Ehebruch kein Scheidungsgrund. Die Auflösung einer Ehe setzte immer ein gesetzlich geregeltes Scheidungsrecht voraus.«

»Rein interessehalber: Sind Sie katholisch?«, fragte Maren, die noch an dem *Frau McLeary* knabberte und wünschte, sie hätte sich mit *Maren Lang* vorgestellt. Das war allerdings auch nicht besser, weil es sie an Victor erinnerte.

Anselm Wagner lächelte. »Nein. Aber wenn man sich auf Scheidungsrecht, vor allem das internationale, spezialisiert, kommt man nicht umhin, sich mit den Ursprüngen und Wandlungen der damit verbundenen Gesetze zu beschäftigen. Ich habe einfach nur etwas tiefer gegraben als die meisten meiner Kollegen.«

Maren verließ frustriert die Kanzlei. Sie müsse jetzt erst einmal darüber nachdenken, wie sie weiter vorgehen wolle, hatte sie gesagt. Nach dem vor-mosaischen Verständnis war Sean also gar kein Ehebrecher. Weil Brigid ja nicht verheiratet war. Hatte sie Trevor Harrison überhaupt kirchlich geheiratet? Falls ja, wäre sie sogar nach heutiger Definition immer noch seine Frau und dann ... *Das sind Wortspielereien, die bringen mich nicht weiter.*

Jedenfalls lief das Ganze darauf hinaus, dass ihre Scheidung, wenn überhaupt, nur in Irland möglich war. Dass sie und Sean gemeinsam eine Beratungsstelle aufsuchen mussten, um glaubhaft zu versichern, ihre Ehe sei nicht mehr zu retten. Spielte es eine Rolle, ob sie das vor oder nach der zweijährigen Trennung taten?

Erst einmal musste Sean generell damit einverstanden sein. Sowohl mit der Trennung als auch mit dem Besuch einer Beratungsstelle. Dem gemeinsamen Besuch. Was würde passieren, wenn sie, jetzt oder später, aufeinandertrafen? *Später* hätte sie vielleicht gelernt, ihm zu widerstehen, was *jetzt* völlig illusorisch war. Außerdem war er überzeugt, dass ihre Ehe alles andere als zerrüttet war.

Könnte sie ihn vom Gegenteil überzeugen, indem sie ein Verhältnis anfing? Aber mit wem? Mit Leander vielleicht, auf den Sean einst tierisch eifersüchtig gewesen war? Was er zuerst abgestritten, aber dann doch zugegeben hatte. Davon abgesehen, dass es ihr widerstrebte, irgendeinen Mann für ihre Zwecke einzuspannen, widerstrebte es ihr noch viel mehr, ausgerechnet auf Leander zurückzugreifen. Immerhin hatte sie ihn mit ihrer Zurückweisung zutiefst verletzt. Falsch. Das Letzte, was sie wollte, war, sich noch einmal mit ihm einzulassen, egal, aus welchem Grund. Auch falsch. Sie wollte schlicht und ergreifend keinen anderen Mann als Sean in ihrem Bett haben.

Schon drängten sich die Bilder von ihrer letzten gemeinsamen Nacht in ihr Bewusstsein. Wie er ins Arbeitszimmer gegangen war, ohne ihr auch nur einen Gutenachtkuss gegeben zu haben. Wie sie schlaflos auf der anderen Seite der Wand in ihrem Ehebett gelegen hatte. Wie sie schließlich aufgegeben hatte und zu ihm gegangen war.

Er hatte sich schlafend gestellt, doch im diffusen Schein des Windlichts auf dem Fensterbrett hatte sie seinen hämmerndn Herzschlag sehen können, und als sie die Decke weiter herunterzog, auch den Teil von ihm, der hellwach war. Dem sie nie widerstehen konnte, nach dem sie sich verzweifelt sehnte: Strongboy machte seinem Namen alle Ehre.

»Lieg still«, befahl sie, als er die Arme nach ihr ausstreckte. Er verschränkte sie sofort hinter seinem Kopf und schaute mit halb geschlossenen Augen zu, was sie mit ihm anstellte. Danach schliefen sie engumschlungen in dem schmalen Bett ein und als sie am Morgen erwachte, war er bereits wieder in ihr.

Wie sollte sie je einem anderen gestatten, das mit ihr zu tun? Vorausgesetzt, irgendjemand wäre fähig, solche Gefühle in ihr zu wecken, was sie für unmöglich hielt. Wie konnte sie Sean überhaupt aufgeben? Weil er sie betrogen hatte, es vielleicht wieder tun würde. Mit einer seiner abgelegten Gespielinnen, nur mal eben so, im Vorbeigehen. Damit konnte sie nicht leben. Also musste sie lernen, es ohne ihn zu tun. Musste die Binde abstreifen, die er ihr mit seinem falschen Schwur angelegt hatte und ihre Augen öffnen.

Sollte Justitia auch einmal tun. Aber womöglich verbarg das Tuch nur ihre Tränen.

Maren vergrub beide Hände in den Taschen ihrer Daunenjacke und ging mit zügigen Schritten durch den Herrngarten zum Parkhaus am Landesmuseum, wo sie ihren Mietwagen abgestellt hatte. Sie hatte nach Anwälten in Darmstadt gesucht, weil sie hier bestimmt niemandem begegnen würde, der sie kannte. Aus demselben Grund wohnte sie in Mörfelden-Walldorf, weil das einerseits zentral, andererseits weit genug von Frankfurt und dem Taunus entfernt war, sodass niemand aus ihrem Freundeskreis ihr zufällig über den Weg laufen konnte. Allen hatte sie verschwiegen, dass sie in Deutschland war, auch ihrer Cousine. Nächste Woche würde sie zum Ministerium für Soziales und Integration in Wiesbaden fahren, um mit Christa Sauer über mögliche Folgen des Brexits, vor allem dessen Auswirkungen auf die Nordirlandtour zu sprechen. Das Innenministerium, wo Leander jetzt arbeitete, lag zwanzig Minuten Fußweg entfernt, also war sie auch dort vor Überraschungen sicher.

Warum sie sich benahm, als befände sie sich in einem Zeugenschutzprogramm, konnte sie sich selbst nicht erklären. Sean würde auch ohne ihr Versteckspiel nie herausfinden können, wo sie sich aufhielt.

Sie überlegte, am Abend Ciara anzurufen und ihr von dem Gespräch mit dem Anwalt zu berichten, entschied sich dann aber dagegen. Zuerst musste sie sich selbst darüber klarwerden, was sie wollte und welche Chancen sie hatte, das zu erreichen. Bevor sie Ciara nach Sean fragte, danach, wie es ihm ging und was er tat.

In Gedanken meilenweit weg erschrak sie fast zu Tode, als plötzlich eine wohlbekannte Stimme hinter ihr sagte: »Maren?«

Sie blieb abrupt stehen, drehte sich dann langsam um. Er kam aus einem Seitenweg, trug Mütze und Schal, passend zu einem knapp knielangen, hellen Kaschmirmantel und einer dunklen Hose aus Wollstoff.

»Leander«, sagte sie kaum hörbar.

Er kam lächelnd auf sie zu, streckte beide Hände aus. Verlegen zog sie ihre aus den Jackentaschen, ließ zu, dass er beide umfasste und sanft drückte.

»Das ist ja eine Überraschung«, sagte er. »Was machst du in Darmstadt?«

»Dasselbe könnte ich dich fragen«, antwortete sie. Auf keinen Fall würde sie den wahren Grund ihres Hierseins erwähnen. »Schon wieder eine Versetzung?«

»Nein, meine jetzige Stelle bietet genau das, was ich immer wollte: Bürostunden im Wechsel mit Außenterminen. Der Direktor der Schillerschule hat einen Zuschuss für die Renovierung der Turnhalle beantragt, also habe ich mich vor Ort informiert. Geht es dir gut? Du siehst ein wenig mitgenommen aus.«

»Vielleicht bekomme ich eine Erkältung. Ich bin die frostigen Temperaturen nicht mehr gewöhnt«, sagte sie ausweichend. Smalltalk. Wie kam sie da nur wieder raus? Sie wünschte, er würde endlich ihre Hände loslassen, traute sich aber nicht, sie ihm zu entziehen. Außerdem waren seine Hände wärmer als ihre Jackentaschen.

»Dann solltest du schleunigst raus aus der Kälte. Hast du Zeit? Wir könnten einen Kaffee trinken gehen. Über alte Zeiten plaudern, oder besser über neuere.« Er lächelte wieder, entblößte seine makellosen Zähne, von denen keiner es wagte, aus der Reihe zu tanzen, ebenso wie seine kurz geschnittenen Haare.

Eigentlich wollte sie weder über alte noch über neue Zeiten sprechen. Es irritierte sie, dass er sich verhielt, als wäre zwischen ihnen nie etwas passiert. Als sie in Dublin ihren Koffer gepackt und das Hotelzimmer verlassen hatte, waren seine Blicke alles andere als freundlich gewesen. Was immer ihm in der Zwischenzeit widerfahren war, sie sollte froh sein, dass er ihr offenbar nichts nachtrug.

»Ja, gern«, stimmte sie zu, wenn auch mit wenig Begeisterung. »Ich habe heute keine weiteren Termine mehr.«

»Fein, ich auch nicht. Hinter der Uni gibt es einige Kneipen und Cafés, sogar einen Irish Pub. Sechs oder sieben Minuten zu laufen. Wir könnten aber auch dort drüben ins Herrngartencafé gehen.«

»Gute Idee. Mir ist wirklich kalt.«

Ihr wurde noch ein wenig kälter, als er ihre Hände losließ. Schnell steckte sie sie wieder in die Jackentaschen, was wenig half. Dann gingen sie nebeneinander her die paar Schritte zu dem flachen Gebäude, das eher an ein Gewächshaus als an ein Café erinnerte. Zumindest hatte man von jedem Tisch aus einen ungehinderten Blick in den Park. An einigen Bäumen hingen noch Reste des bunten Herbstlaubs, zwischen den Stämmen war die Mehrzahl der Blätter zu rotgefleckten, gelben Haufen aufgeschichtet.

Maren entschied sich für eine Karotten-Ingwer-Suppe, Leander bestellte eine Quiche und beide nahmen Kaffee dazu. Er sah sie stumm an, rührte in seiner Tasse.

»Du siehst gut aus«, sagte Maren, bevor sich das Schweigen peinlich in die Länge zog. »Als ob du dich viel im Freien aufhältst.«

»Das tue ich tatsächlich. Ich bin jede Woche ein oder zwei Mal auf Marvins Gestüt. Letzten Monat habe ich beim Ausbessern der Gatter geholfen. Und ich liebe die Ausritte mit den Pferden. Und du? Hattest du eine anstrengende Saison?«

»Kann ich so nicht sagen. Ich habe den Busführerschein gemacht, aber noch keine eigenständige Tour durchgeführt.

Zwei Einsätze als Dolmetscherin, ansonsten hauptsächlich Büroarbeit.«

»Ich habe gehört, du hast Sean McLeary geheiratet. Das hat mich nicht sonderlich überrascht.« Sein Tonfall war neutral. Machte ihm das wirklich nichts aus?

»Woher weißt du das?«, fragte sie erstaunt.

»Christa Sauer. Wir telefonieren hin und wieder.«

»Sean hatte nichts damit zu tun, dass ich – dass es nicht funktioniert hat mit uns. Ich hatte dich wirklich gern, aber …«

Leander unterbrach sie mit einer wegwerfenden Geste: »Du hast behauptet, du stehst auf mich, aber in Wahrheit wolltest du immer nur ihn. Ich konnte das Knistern zwischen euch spüren, wie bei diesen Kugeln, wenn man den Strom einschaltet und sich Lichtbögen bilden. Du musst dich nicht entschuldigen, Maren, es ist, wie es ist. Es war schön mit dir, aber eigentlich war mir schon in Belfast klar, dass wir keine gemeinsame Zukunft haben. In Bushmills hatte ich kurz gehofft … egal. Bist du glücklich?«

Darauf konnte – wollte – sie nicht antworten, sagte stattdessen: »Du irrst dich, Leander. Ich konnte Sean damals wirklich nicht ausstehen. Ich habe viel nachgedacht, nach Dublin. Kaum hatte ich beschlossen, keinen Mann in meinem Leben zu brauchen, da tauchte er in ›The Ferns‹ auf und … Dann war es plötzlich Liebe.«

Ist es immer noch, trotz allem, was geschehen ist. Verdammt.

Ein Kellner stellte Suppe und Quiche auf den Tisch.

Maren wartete, bis er weg war, sah wieder Leander an und fragte: »Wie ist es dir ergangen? Hast du inzwischen eine neue Beziehung?«

»Ja und nein.« Leander schmunzelte. »Vor einem halben Jahr ist Loralee zu mir zurückgekommen.« Er breitete die Serviette auf seinem Schoß aus, griff nach dem Besteck und schnitt ein Stück aus seiner Quiche.

Also eine neue Beziehung mit einer alten Freundin. Maren pustete auf ihren Suppenlöffel und überlegte, ob sie den Namen schon einmal gehört hatte. Definitiv nicht.

»Sie hat festgestellt, dass ein Leben in einer thailändischen Strandhütte doch nicht ihre wahre Bestimmung ist«, fuhr er fort. »Vielleicht lag es auch an den Qualitäten ihres exotischen Lovers oder daran, womit er sich die Zeit jenseits der Bastmatten vertrieben hat.«

Seine Stimme klang weder gehässig noch schadenfroh, einfach nur sachlich, fast unbeteiligt. Sie erinnerte sich, was er über den Thailandurlaub erzählt hatte. Dass seine Freundin ihn für einen Einheimischen abserviert hatte, bevor er ihr den geplanten Heiratsantrag machen und ihr von dem Häuschen am Rhein erzählen konnte, das er bereits angezahlt hatte.

Da Maren ihn trotz seiner gelegentlichen Schusseligkeit als Perfektionisten kannte, hatte sie sich vorgestellt, Leander hätte vielleicht zu lange auf einen vollkommenen, romantischen Sonnenuntergang am Strand gewartet. Dann fiel ihr ein, wie er in dem Hotel in Dublin über das Zusammenziehen und das Aneinandergewöhnen gesprochen hatte, nachdem sie wider besseren Wissens ein zweites Mal mit ihm ins Bett gegangen war. Da war nicht die geringste Spur von Romantik gewesen.

»Aber mich hast du Schlampe genannt«, murmelte sie

und hoffte sofort, er hätte es nicht gehört. Hatte er aber. Und überraschte sie ein weiteres Mal mit seiner Antwort.

»Das war nicht abwertend gemeint. Frauen lassen sich charakterlich in drei Kategorien einteilen, Heilige, Scheinheilige und Huren. Ich bevorzuge Letztere. Sie sind wenigstens ehrlich.«

»Was ist mit deiner Ehrlichkeit?« Sie hoffte, ebenso nüchtern zu klingen wie er. »Erst schreibst du mir gefühlvolle Mails, passend dazu spielst du in Limerick den Gentleman. Nach unserem Kurzurlaub glaubte ich wirklich, ich sei in dich verliebt. Zumindest, bis wir das erste Mal im Bett waren. Ich wünschte, wir hätten es dabei belassen.«

»Ich habe dir nie etwas vorgespielt. Das eine hat mit dem anderen nichts zu tun. Hast du erwartet, dass ich Yeats zitiere, während ich dich ficke?«

Maren zuckte zusammen. »Du musst nicht gleich vulgär werden.«

Er stach mit der Gabel in seine Quiche. »Was ist vulgär daran, Dinge beim Namen zu nennen? Wenn du schon von Limerick sprichst: Natürlich wollte ich da schon mit dir ins Bett, habe aber akzeptiert, dass du noch nicht soweit warst. Glaubst du, es ist mir leicht gefallen, geduldig zu warten, bis du mich endlich aufgefordert hast, es dir zu besorgen? Das hast du ebenso genossen wie ich. Aber dann hast du mich hingehalten, vertröstet. Sag mir nur eins: Was war der wahre Grund? Die Größe meines Schwanzes? Die der anderen Männer, mit denen du im Bett warst, entsprechen wohl eher der Norm.«

»Das habe ich so nie gesagt! Ich habe dir angeboten, in

dein Zimmer zu kommen, mehr nicht. Und da du erst der zweite Mann warst, mit dem ich geschlafen habe, kann ich nicht beurteilen, was ›normal‹ ist.« Nun war sie zornig genug, es auszusprechen: »Auf deinen dicken Penis musst du dir nichts einbilden, der war gewöhnungsbedürftig aber erträglich. Was mich echt genervt hat, waren deine ständigen Kommentare.«

Beinahe hätte sie ›sinnfreies Gebrabbel‹ gesagt, was zutreffender gewesen wäre. Erst jetzt fiel ihr ein, dass Sean einmal gesagt hatte, es käme nicht auf die körperlichen Attribute eines Mannes an, sondern nur darauf, wie er sie einsetzte. Dieses Thema zu vertiefen, war das Letzte, was sie wollte. Es war eine blöde Idee gewesen, mit Leander hierher zu kommen. Sie hatte ganz andere Probleme zu lösen.

»Hm. Interessant. Mich hat es irritiert, dass du so still warst. Loralee ist da ganz anders, sie steht drauf.« Er schnitt ein weiteres Stück aus seiner Quiche, schob es in den Mund und kaute bedächtig.

Maren versuchte vergeblich, sich vorzustellen, wie jemand das obszöne Gestammel, das jede seiner Handlungen begleitet hatte, aphrodisierend finden konnte. Sie schwieg.

»Zuerst dachte ich, mein etwas voreiliges Angebot hätte dich abgeschreckt. Irgendwie habe ich mich damit selbst überrascht. Der Zeitpunkt war schlecht gewählt.«

Sie verschluckte sich fast an dem nächsten Löffel Suppe, als er weitersprach: »Natürlich war ich angepisst, als du Knall auf Fall abgehauen bist, aber eigentlich muss ich dir dafür danken. Loralee und ich heiraten in zwei Wochen. Sie richtet gerade unser Haus ein. Nächsten Mai werde ich Vater sein und einen Kirschbaum in unserem Garten pflanzen. Jedes Kind bekommt seinen eigenen Obstbaum.«

Fakten. Er zählte sie auf wie Tagesordnungspunkte. *Erstens, zweitens, drittens, viertens. Gegenstimmen? Antrag angenommen.*

»Herzlichen Glückwunsch«, sagte sie. Auch ohne jede Gefühlsregung.

»Du bist natürlich zur Hochzeit eingeladen, falls du dann noch hier bist. Bring deinen Gatten mit.« *Fünftens, sechstens. Weitere Anregungen?*

»Sean ist in Irland. Ich habe noch ein paar Termine in Hessen, Baden-Württemberg und Rheinland-Pfalz. Aber danke für die Einladung.« *Sitzung geschlossen.*

Plötzlich war die Suppe das einzig warme, selbst der Kaffee war inzwischen nur noch lauwarm. Sie tauschten ein paar weitere Belanglosigkeiten aus, beendeten ihre Mahlzeit, dann verabschiedete Maren sich von Leander. Wenigstens musste sie sich keine Gedanken mehr darüber machen, ob sie ihm vor anderthalb Jahren in Dublin das Herz gebrochen hatte.

Was war mit Seans Herz?

Und wenn wir schon dabei sind: Was ist mit meinem?

5.

Friends with Benefits

Wie Sean im Hotel erfahren hatte, war das Ministerium von Montag bis Donnerstag zwischen neun und sechs Uhr geöffnet. Da er keine Ahnung hatte, ob das Treffen vormittags oder nachmittags stattfinden sollte, stellte er sich darauf ein, notfalls Stunden dort auszuharren.

Zuerst hatte er vorgehabt, Maureen schon beim Betreten des Gebäudes anzusprechen, sich dann aber dagegen entschieden. Sie sollte erst ihren Termin mit Christa Sauer hinter sich bringen. Danach hätte sie keinen Grund, davonzulaufen, und er mehr Zeit, sie zu überzeugen, mit ihm nach Hause zu kommen. Beziehungsweise zunächst einmal in sein Hotel. Oder in ihres, wo immer das war. Jedenfalls an einen Ort, an dem er seiner Frau sowohl sagen als auch zeigen konnte, was er für sie empfand.

Am Donnerstagmorgen machte er sich kurz vor neun Uhr auf den Weg zum Ministerium. Das fünfstöckige Gebäude war leicht zu finden. Seitlich davon, gegenüber dem Eingang, befand sich eine kleine Grünanlage, wo er sich hinter Büschen verbergen und trotzdem den Haupteingang im Blick behalten konnte. Auf der anderen Straßenseite gab es einen Parkplatz und eine Tiefgarage sowie eine Bushaltestelle direkt neben dem Gebäude.

Um seine Füße davor zu bewahren, zu Eis zu werden, ging er immer wieder auf und ab, wünschte, er hätte an dickere Socken gedacht. Angeblich waren es sieben Grad plus, doch kamen ihm die eher wie zehn Grad minus vor. Seine Geduld wurde auf keine allzu harte Probe gestellt. Um halb elf entdeckte er seine Schattenelfe, als sie die Straße überquerte und zum Eingang lief. Ihr Anblick ließ sein Herz schneller schlagen und es summte in seinen Ohren. Seltsamerweise blieben andere Körperregionen davon weitgehend unbehelligt. Lag das nur an den frostigen Temperaturen?

Er sehnte sich so sehr danach, ihr einfach nur nahe zu sein, sie zu küssen, ohne das brennende Verlangen nach mehr. Seine Angewohnheit, mit dem Daumen über das Relief seines Eherings zu reiben, lenkte seinen Blick auf das stilisierte Claddagh. Freundschaft, Liebe, Treue. War Maureen je seine Freundin gewesen, bevor sie seine Geliebte wurde? Natürlich nicht. Bei keiner Frau, die sein Interesse weckte, hatte er je an Freundschaft gedacht. Wozu auch?

Aber etwas war mit ihm geschehen seit dem Kuss auf Finns Geburtstagsfeier, ungeplant und ebenso unvermeidbar. Die Wirkung hatte ihn eiskalt erwischt. Wäre er darüber nicht zutiefst erschrocken gewesen, hätte er es nicht dabei belassen. Er hätte Mittel und Wege gefunden, sie noch an Ort und Stelle ... und er war überzeugt, dass sie sich ihm nicht verweigert hätte.

»Du kannst es Freundschaft nennen, aber eigentlich geht es um Vertrauen«, hatte Brigid bei ihrem Skype-Kontakt gesagt. »Hast du dich deiner Frau jemals geöffnet? Wie ich dich kenne, hast du dich dabei auf deinen Hosenschlitz beschränkt. Das reicht aber nicht, Sean. Du bist vielleicht der Beste im Bett, aber ansonsten bist du derselbe Hohlkopf, der du mit sieben warst. Redet ihr ab und zu über etwas anderes als das Wetter oder irgendwelche Änderungen bei den Rundreisen? Weiß Maureen, was dich zu dem hat werden lassen, der du heute bist? Hast du ihr je gesagt, wie du dir eure Zukunft vorstellst? Falls du das überhaupt selbst weißt.«

Natürlich hatte Brigid recht, wie immer. Vertrauen, die Grundlage von allem. Zwar hatten Maureen und er sich ein paar Anekdoten aus ihrem Leben erzählt, aber um das Wesentliche machte er noch immer einen Bogen. Er redete sich ein, dass er keine Fragen zu ihrem Leben in Deutschland stellte, weil die Erinnerung an Victor ihr wehtun könnte. In Wahrheit wollte er nur keine Gegenfragen provozieren.

Fast hätte er sie übersehen, als sie um kurz vor zwölf das Gebäude verließ, in Begleitung einer kleinen, grauhaarigen Frau, wahrscheinlich Christa Sauer. An der Bushaltestelle verabschiedeten sie sich voneinander und Maureen ging allein in Richtung des Zebrastreifens an der Kreuzung; die Fußgängerampel war noch rot. Sean sprintete los, stellte sich hinter sie, sog ihren Duft ein.

»Maureen«, sagte er leise, ohne sie zu berühren.

Sie fuhr herum, starrte ihn an wie einen Geist und hielt sich am Ampelpfosten fest.

»Sean! Wie kannst du mich so erschrecken! Woher weißt du überhaupt, wo ich bin?«

»Nicht von Ciara. Ich habe im Ministerium angerufen. Christa Sauer sagte, du hättest heute einen Termin bei ihr. Also bin ich hergeflogen.«

»Seit wann telefonierst du mit unseren Vertragspartnern? Dir muss ja sehr langweilig gewesen sein.«

Ehrlichkeit und Vertrauen. Lügen hatte er schon immer gehasst, nur mit dem Vertrauen tat er sich schwer. Aber das war Maureen, seine Frau, er brauchte sie wie die Luft zum Atmen. Sean gab sich einen Ruck.

»Zuerst habe ich L. B. angerufen«, sagte er, »aber der war nicht zu Hause. Offensichtlich arbeitet er jetzt woanders.«

»Und woher – ach ja, die Unterlagen im Archivordner. Dass du den überhaupt kennst.« Maureen schüttelte den Kopf. »Hast du wirklich geglaubt, ich sei bei Leander?«

»Es war eine Möglichkeit. Die erste, die mir eingefallen ist, nachdem Ciara mir nicht einmal die Adressen deiner Freunde geben wollte.«

Die Ampel wurde grün. Maureen rührte sich nicht, hielt sich noch immer am Ampelpfosten fest. Ihr Atem bildete kleine Wölkchen. Die Ampel wurde wieder rot und sein Herz schlug Purzelbäume.

»Ich habe ihn getroffen. Leander. Ganz zufällig. In Darmstadt. Fünfzig Kilometer von hier. Er hat mich zu seiner Hochzeit eingeladen. Dich auch. Nächste Woche. Ich habe dankend abgelehnt. Habe behauptet, du wärst in Irland. Genau dort solltest du auch sein. Was willst du hier?«

Warum erzählte Maureen ihm das? Es war total unwichtig. Vielleicht genau deshalb. *Konzentrier dich auf das Wesentliche! Später kannst du immer noch auf das Thema zurückkommen, falls …*

»Dich, Maureen. Ich musste dich finden. Ohne dich hat alles keinen Sinn. Komm mit mir nach Hause, bitte.«

Sie schüttelte den Kopf und drückte auf die gelbe Taste an der Ampel. »Vergiss es. Du hättest nicht herkommen sollen.«

»Du hast mir keine Wahl gelassen. Ich liebe dich, Maureen.« Er streckte eine Hand nach ihr aus, wagte es aber nicht, sie zu berühren.

»Daran hättest du vor drei Monaten denken sollen. *Du* bist es, der *mir* keine Wahl gelassen hat.« Sie verschränkte die Arme vor der Brust. Abwehrhaltung. Er zitterte, eher vor innerer als vor äußerer Kälte.

»Können wir irgendwo Mittagessen gehen?«, fragte er. »Ich bin total durchgefroren. Wenn ich gewusst hätte, wie kalt es hier ist, hätte ich etwas Wärmeres angezogen.«

»Wie lange wartest du denn schon hier draußen?«

»Seit drei Stunden. Ich wusste nur den Tag, nicht die Uhrzeit, hätte auch bis zum Nachmittag gewartet.«

»In der Windjacke. Willst du dir mit aller Gewalt den Tod holen, Sean?« Ihre Stimme klang immer noch vorwurfsvoll, aber auch ein klein wenig besorgt. Oder bildete er sich das nur ein? Die Ampel wurde grün. Sie standen beide wie festgewachsen.

»Darf ich dich umarmen?«

»Das hast du noch nie gefragt. Wer bist du, der im Körper meines Mannes steckt?«

»Gestatten, Sean McLeary, der seine Frau von ganzem Herzen und aus tiefster Seele liebt und sie fürchterlich vermisst.« Er breitete seine Arme aus und als sie nach kurzem Zögern der Einladung nachkam, war ihm, als hätten Yin und Yang sich wieder vereint. Er verlor sich im vertrauten Honigduft ihrer Haare.

»Dir muss wirklich kalt sein«, murmelte sie.

»Gerade ist mir warm geworden im Herzen«, gab er leise zurück und berührte ihre Lippen, ganz zart und unschuldig. Löste sich von ihr, als sie mehr wollte. Das wollte er zwar auch, aber auf einer anderen Ebene. Diesmal wollte er sehr viel mehr als das Versprechen auf Befriedigung körperlicher Lust. Inzwischen war die Ampel wieder auf Rot gesprungen.

Sie sah ihn erstaunt an. »Ich weiß, wir stehen mitten auf der Straße, aber . . .«

»Da sollten wir nicht länger bleiben«, sagte er, als sie abbrach. »Restaurant? Bistro? Irgendwo muss es doch eine heiße Suppe geben.«

»Bestimmt. Allerdings kenne ich mich hier nicht aus. Wo wohnst du eigentlich? Du bist bestimmt nicht erst heute Morgen eingeflogen.«

»Mein Hotel ist gleich dort drüben um die Ecke.« Auf ihren fragenden Blick schüttelte er den Kopf. »Nur eine Cafeteria mit Stehtischen.«

»Nun gut. Schauen wir, was das Restaurant im Kurhaus zu bieten hat, bevor du zersplitterst wie ein schockgefrorenes Shamrock.« Sie wandte sich ab und drückte ein drittes Mal auf die Ampeltaste.

Das ›Lambertus‹ entsprach in Ambiente und Preisen der gehobenen Mittelklasse. Sean entschied sich spontan für Pasta mit Trüffeln, Maren schloss sich ihm einfach an.

Ihr Hirn funktionierte nur teilweise. Vom ersten Schock

hatte sie sich zwar halbwegs erholt, aber war der Mann, der ihr gegenübersaß, wirklich Sean McLeary? Er sah aus wie der legendäre Ladykiller, roch wie ihr Ehemann, sogar seinen Geschmack hatte sie noch immer auf den Lippen, aber er benahm sich ganz anders. Zurückhaltung hatte sie noch nie bei ihm erlebt.

Dem allzu vertrauten Kribbeln, das sie in seinen Armen verspürt hatte, hatte er mit dem Abbruch seines fast keuschen Kusses ein jähes Ende bereitet, war nicht einmal in erwarteter Weise auf ihre Frage nach seinem Hotel eingegangen, was sie noch mehr verwirrte. Irgendetwas lief hier falsch. Aber was?

»Ich habe viel nachgedacht«, sagte er. »Zuerst darüber, warum es mir nicht gelungen ist, dich mit Sex dazu zu bringen, deine Scheidungsabsichten aufzugeben.« Er fasste nach ihrer linken Hand, legte sie flach auf den Tisch und verschränkte seine Finger mit ihren, sodass ihre Eheringe sich berührten. »Ich habe das Claddagh nie abgenommen, seit du es mir in der Kirche auf den Finger gesteckt hast. Und ich werde es niemals umdrehen.«

»Das habe und werde ich auch nicht, solange wir verheiratet sind.« Sie strich mit dem Mittelfinger über seinen Handrücken, genoss die Berührung seiner Haut, Schwächling, der sie war. »Trotzdem hat es dich nicht davon abgehalten, deinen Treueschwur zu brechen. Oder ist dir der Ring aus Versehen vom Finger gefallen, als du in Galway deine Kleider abgelegt hast?«

»Darum geht es nicht. Oberflächlich betrachtet, habe ich einen Schwur gebrochen, um einen anderen zu halten.

Du wusstest vor unserer Hochzeit von meiner Verpflichtung. Hast du erwartet, dass ich einem Menschen, der sich auf mich verlässt, die versprochene Hilfe verweigere? Nur weil er sie zum falschen Zeitpunkt einfordert? Es ist allzu leicht, in mir nur den Gigolo zu sehen, der es bedenkenlos mit jeder Frau treibt, die ihm über den Weg läuft. Der keine Gefühle hat, für nichts und niemanden. Du solltest es besser wissen, denn du hast hinter die Maske geschaut, die ich jahrelang zur Schau getragen habe. Oder hattest du deine Augen geschlossen?«

»Letzte Woche habe ich mich gefragt, ob Justitia blind ist oder ob die Augenbinde nur ihre Tränen verbirgt.« Sie löste ihre Hand aus seiner, weil der Kellner mit der Pasta kam. Als er wieder gegangen war, sagte sie: »Ich weiß es nicht, Sean. Ich weiß nicht, ob ich dir je wieder vertrauen kann.«

»Ich liebe dich, Maureen.«

In seinen Augen las sie die unausgesprochene Frage.

»Ja«, antwortete sie schließlich, fast unhörbar. »Trotz allem liebe ich dich immer noch. Deshalb tut es ja so weh.«

Dann griffen beide nach dem Besteck und aßen schweigend. Bestellten sich anschließend Kaffee. Maren erwartete, dass er vorschlug, danach in sein Hotel zu gehen. Je länger sie ihn ansah, desto mehr sehnte sie sich danach, ihn zu spüren, auf sich, in sich. Immer noch ein Junkie, wenn es um Sean McLeary ging.

Als könne er ihre Gedanken lesen, sagte er: »Du hast uns einmal mit Bonobos verglichen, die all ihre Konflikte mit Sex lösen. Dass das bei uns nicht funktioniert, beweist wohl, dass wir keine Affen sind, sondern Menschen.«

»Soll das heißen, du willst jetzt nicht mit mir schlafen?«

»Natürlich will ich das, stundenlang und auf jede erdenkliche Weise, aber ich werde es trotzdem nicht tun. Sex bringt uns keinen Schritt weiter. Hinterher rennst du zu deinem Anwalt, damit er die Scheidungsklage einreicht, richtig? Du hast dich schon erkundigt, nicht wahr? Vorhin hast du von Justitia gesprochen.«

Sie nickte nur, wusste nicht, was sie sagen sollte. Dass eine Scheidung komplizierter war, als sie sich vorgestellt hatte, wollte sie auf keinen Fall zugeben. Jetzt musste sie sich zusätzlich damit abfinden, dass es zum Dessert keinen Sex geben würde. Dabei wäre sie gerade liebend gern ein Äffchen.

»Ich denke pausenlos über uns nach«, begann er wieder. »In schlaflosen Nächten bin ich durch ›The Ferns‹ getigert, stundenlang. Es ist kein Zuhause ohne dich, nur ein Schutz vor Wind und Regen. Genauso einsam wie mein Zelt im Outback. Damals war das in Ordnung für mich. Dort gibt es keine Freunde, nur Rivalen, weißt du?«

Maren schüttelte den Kopf. Sie wusste es nicht. Sean erwähnte diese Zeit nur selten und seine Briefe, von denen seine Schwester behauptete, man könne einen Roman daraus machen, hatte sie nie lesen wollen. Sie las grundsätzlich keine Briefe, die für jemand anderen bestimmt waren, auch wenn Ciara gesagt hatte, es stünde wenig persönliches darin. Ob Brigid Seans Briefe auch aufgehoben hatte? Und er ihre? Das würde sie wohl nie erfahren. Sie sah, wie er mit dem Daumen das Claddagh auf seinem Ehering berührte, eine vertraute Geste.

»Als ich heute auf dich gewartet habe, dachte ich darüber nach, ob es für Freundschaft, Liebe und Treue eine bestimmte Reihenfolge gibt, an die man sich halten muss, damit es funktioniert. Wenn man ein Haus baut, beginnt man auch nicht mit dem Dach, sondern mit den Grundmauern. Ich habe mich gefragt, ob wir je Freunde waren.«

Sein Vergleich mit dem Hausbau fügte ihrem aktuellen Schmerz einen älteren, sorgsam verschütteten hinzu. Sie sah Victor, über die Pläne für den Umbau von ›The Ferns‹ gebeugt, und hörte ihn sagen: ›Wir lassen das Dach erst neu decken, wenn der Anbau fertig ist‹. Maren verdrängte das Bild in ihrem Kopf und sah Sean an. *Bitte nicht lächeln. Ich könnte den Anblick deines schiefen Schneidezahns jetzt nicht ertragen.* Weil auch der sie an Victor erinnerte. Aber Sean verzog keine Miene.

»Ich wünschte dich auf den Mond, als du das erste Mal im Büro warst, fand es widerlich, wie du mich auf Finns Geburtstagsfeier angebaggert hast, gleichzeitig war ich wütend auf mich selbst, weil ich trotzdem auf dich reagiert habe. Dir deine sexuellen Anspielungen in Belfast mit gleicher Münze zurückzuzahlen, hat mir geholfen zu leugnen, dass ich längst verrückt nach dir war. Das ist sogar Leander aufgefallen, natürlich habe ich es abgestritten. Vielleicht habe ich mich nur mit ihm eingelassen, weil ich mir beweisen wollte, dass er Unrecht hat. Allzu gut hat das nicht funktioniert, im Gegenteil. Als du plötzlich in ›The Ferns‹ standst, war ich … Schon bevor du mich geküsst hast, wollte ich nur eins: dir die Kleider vom Leib reißen.« Sie atmete kurz durch, um sich von der Erinnerung daran zu befreien. Es half nur bedingt. »Nein, wir waren nie Freunde, Sean. Ich kenne jede Pore deiner Haut, weiß, wie du auf meine Berührungen reagierst, aber ich habe keine Ahnung, was in deinem Kopf vorgeht, wenn du einmal fünf Minuten lang nicht an Sex denkst.«

Jetzt verzog er doch seine Lippen zu jenem halben Lächeln und sie wandte rasch ihren Blick ab. Erwartete etwas wie ›das kann ich länger als fünf Minuten. Beides‹. Stattdessen sagte er: »Willst du es herausfinden? Freundschaft heißt auch Vertrauen.«

Sie sah ihn an. Er wirkte entschlossen. »Das ist dein Ernst, oder?«

»Mein voller Ernst. Du bist mein Leben, Maureen. Ich darf dich nicht verlieren.«

Er griff nach ihrer Hand, hielt sie fest umschlossen, legte die andere an ihre Wange und strich zart mit dem Daumen über ihre Lippen. Sie saugte ihn in ihren Mund. Abrupt lehnte Sean sich zurück und verschränkte die Arme vor seinem Körper.

»Bitte tu das nicht, mein Engel. Es ist so schon schwer genug.«

Sie fühlte sich zurückgestoßen, alleingelassen. Woher nahm er die Kraft, die sie nicht hatte? Wo war ihr Teufel? Warum sollte sie sich auf ein solches Experiment einlassen? Und wenn sie ablehnte, würde er dann einfach aufstehen und gehen? Könnte sie das ertragen? Nein. Nicht jetzt. Morgen vielleicht. Bis dahin …

»In Ordnung. Versuchen wir es mit Freundschaft. Unter einer Bedingung.« Sie wartete, ob er nachfragte, welche, aber er schwieg. »Du kennst doch den Film ›Friends with Benefits‹. Fangen wir damit an. Jetzt gleich. Wie weit ist es bis zu deinem Hotel?«

Er stöhnte leise auf und raufte sich die Haare. »Zu Fuß zehn Minuten. Vielleicht zwölf, weil ich gerade steinhart geworden bin. Und das nicht vor Kälte.«

Gut. Das war gut. Maren hielt den Kellner auf, der an ihrem Tisch vorbeikam und bat um die Rechnung. »Wir haben es eilig«, fügte sie nachdrücklich hinzu.

Sie ließen das Vorspiel aus. Kaum hatten sie sich mit fahrigen Händen entkleidet, glitt er bis zum Anschlag in sie und verharrte reglos. *Ich bin zuhause*, dachte er. Als sie sich küssten und sie sich um ihn herum zusammenzog, war es, als tauchte er in einen Topf mit warmem Sirup, der in jede einzelne Pore drang. *Sie selbst* war unter seiner Haut, rann durch seine Adern. Am liebsten hätte er den Rest seines Lebens so verbracht. Ganz langsam fing er an, sich in ihr zu bewegen.

Irgendwann überwältigte ihn, der alle Tricks und Kniffe kannte, die Klimax hinterrücks, unaufhaltsam wie der Ausbruch eines Geysirs, ließ ihn völlig wehrlos zurück. Leer und dennoch erfüllt. Kurz nach ihr schlief auch er ein. Sein letzter Gedanke war: *Genau so werde ich uns ein Baby machen.*

Als er aufwachte, war es dunkel, nur aus dem Bad fiel ein schmaler Lichtstreifen. Dann verbreitete er sich und Maureen kam ins Zimmer, in ein Badetuch gewickelt.

»Du hast geduscht?«, fragte er schnuppernd.

»Du musst scheintot gewesen sein, wenn du das nicht mitbekommen hast.«

»Kann man so sagen. Geh nicht weg, ich bin gleich wieder da.«

»Ich gehe nirgendwohin.« Sie setzte sich ans Fußende des Bettes.

Als er wiederkam, ebenfalls geduscht, aber ohne Handtuch, lag sie ausgestreckt darauf. Sie lächelte, schlug ihr Badetuch auseinander und seine Reaktion darauf zeigte sich unmittelbar, noch bevor sie ihre Beine spreizte.

»More Benefits?«, fragte er mit rauer Stimme.

»Don't ask, Devil, just do it.«

Und so begann er, in gewohnter Virtuosität auf und mit ihr zu spielen, als sei sie ein kostbares Instrument, das nur er zum Klingen bringen konnte.

»Ich liebe dich so sehr, mein Engel«, flüsterte er ihr ins Ohr. »Und ich brauche dich, Maureen, nur dich. Für immer und ewig.«

»Ich habe dich schrecklich vermisst, Sean. Fühlte mich leer, nicht nur hier.« Sie ließ ihre Hüften kreisen. »Vielleicht ist die Reihenfolge egal und es ist nur wichtig, dass das Herz gehalten und beschützt wird. Das Claddagh ist unteilbar, du kannst nicht mit einer Person befreundet sein, eine zweite lieben, aber nur dir selbst treu sein. Wie stellst du dir unsere Freundschaft vor?«

»Schenk mir dein Vertrauen, wie ich dir meines schenke.«

Er küsste sie. Tief, ausgiebig, verlangend, legte sich schließlich, ohne sich aus ihr zu lösen, auf den Rücken und überließ es ihr, ihnen beiden die Tür zu den überirdischen Gefilden zu öffnen.

»Heute waren wir Sexpartner«, sagte er, als er die Decke

über sie beide breitete. »Morgen beginnen wir damit, Freunde zu werden.«

»Aber erst nach dem Frühsport.«

Er lachte. Auch dafür liebte er sie. Bis zum Ende der Winterpause würde er ihr nicht von der Seite weichen; hoffte, genug Kraft zu haben, sie dennoch nicht anzurühren. Wenigstens zeitweise. Vielleicht könnte er die Abstände zwischen den Benefits allmählich vergrößern. Zwei Tage, drei Tage, eine ganze Woche?

Kein Problem. Während der Saison verbrachten sie bei seinen kurzen Besuchen in ›The Ferns‹ fast jede Minute im Bett. Ansonsten mussten sie sich mit ihren abendlichen Telefonaten begnügen, die nur selten erotischer Natur waren. Meistens berichteten sie sich von ihrem jeweiligen Tagesablauf, manchmal reichte es nur für ein ›Ich liebe dich, du fehlst mir, schlaf gut, träum von mir‹, immer zählten sie die Tage bis zu ihrem Wiedersehen.

Noch hatte er keine Ahnung, wie sie zu Freunden werden sollten. Er hatte nur wenige Freunde, darunter keinen besonders engen, und außer mit Brigid war er nie mit einer Frau befreundet gewesen. Aber das war ein Sonderfall, der nicht als Beispiel dienen konnte.

Sean schmiegte sich an den Körper seiner Frau und plötzlich fiel ihm ein, dass sie nicht von Scheidung gesprochen hatte. Sogar seine Frage nach dem Anwalt hatte sie unbeantwortet gelassen. Ein gutes Zeichen? Seine ganze Welt in den Armen haltend schlief er ein.

Nach dem ›Frühsport‹ und einer gemeinsamen Dusche fuhren sie mit dem Lift ins Foyer und Sean bat die Rezeptionistin, das Frühstück für seine Frau auf seine Zimmerrechnung zu setzen.

Auf die Frage: »Wird Mistress McLeary länger bei uns bleiben?«, sagte er nur: »Wir haben uns noch nicht entschieden.«

»Wo wohnst du eigentlich? In einem Hotel, bei deiner Cousine oder einem deiner Freunde?«, fragte er, als sie sich mit einer Auswahl an Brötchen, verschiedenen Belägen und Rühreiern mit Bacon an einen Tisch gesetzt hatten.

»Sie wissen gar nicht, dass ich hier bin. Ich habe eine Ferienwohnung in Mörfelden-Walldorf gemietet.«

»Uh, jetzt verstehe ich, warum Ciara sagte, sie könne nicht einmal den Namen des Dorfes aussprechen. Deine neue Telefonnummer wollte sie mir auch nicht verraten.«

»Natürlich nicht; ich habe sie darum gebeten und sie hat es versprochen. Versprechen sind euch beiden heilig, nicht war?«

Sean reagierte nicht auf die Anspielung. Er belegte eine Brötchenhälfte mit Käse und biss genussvoll hinein, sah zu, wie sie ihre Gabel in das Rührei stieß. Wahrscheinlich hätte sie am liebsten ihn damit aufgespießt. Er hätte gern ihre Hand genommen, hielt es aber für besser, sie jetzt nicht zu berühren. Schließlich zog man auch nicht zum Spaß den Sicherungsstift aus einer Handgranate.

»Sagst du mir, wie es wirklich war? Keine Details bitte, ich will nur wissen, was du dir dabei gedacht hast. Über so etwas spricht man doch mit Freunden, oder?«

»Am Frühstückstisch?«

»Wo hättest du es denn lieber? Für mich ist dieser Ort so gut wie jeder andere. Es war dein Vorschlag, dass wir Freunde werden. Hast du geglaubt, dazu reichen ein paar Spaziergänge, Kinobesuche und unverfängliche Unterhaltungen?«

Sie schnitt ein weiteres Brötchen auf und belegte es mit Räucherlachs. Trank ihren Orangensaft aus, während sie ihn nicht aus den Augen ließ.

»Natürlich nicht. Aber müssen wir ausgerechnet damit beginnen?«

»Es ist der Kern unseres Problems. Wolltest du lieber noch eine Weile um den heißen Brei herumreden?«

›To beat about the bush‹ wäre ihm tatsächlich lieber gewesen. Er fischte ein Croissant aus dem Brötchenkorb, brach es auf und gab einen großzügigen Klecks Erdbeerkonfitüre darauf. Nervennahrung.

»Ich dachte, wir beginnen damit, uns einander vorzustellen, als seien wir uns nie zuvor begegnet. Verbringen Zeit miteinander, lernen uns auf neutraler Ebene kennen. Erst danach reden wir über heiklere Themen. Zumindest wäre das der normale Beginn einer Freundschaft. Nehme ich jedenfalls an. Meine Erfahrungen auf diesem Gebiet sind mehr als dürftig.«

Er erinnerte sich, dass er schon im ersten Moment heftig auf sie reagiert hatte, aber nie auf den Gedanken gekommen wäre, bereits rettungslos in sie verliebt zu sein. Ein Sean McLeary verliebte sich nicht, schon gar nicht auf den ersten Blick und bevor er eine Frau auch nur flüchtig berührt — nicht einmal, nachdem er mit ihr geschlafen hatte. Monatelang hatte er Maureen entweder auf eindeutige Weise provoziert oder sich betont distanziert verhalten, was reiner Selbstschutz gewesen war.

»Du willst ein Rollenspiel.«

»Wenn du es so nennen willst. Möchtest du auch noch Kaffee?« Er stand auf.

»Ja, gern. Bring mir bitte einen Schoko-Muffin mit.«

Als er mit dem Tablett, auf dem sich außerdem noch ein Teller Apfelstrudel mit Sahne befand, an den Tisch zurückkam, lächelte sie. Das entspannte ihn ein wenig und er lächelte zurück.

»Anscheinend haben wir etwas gemeinsam, Fremder«, sagte sie. »Wir stehen beide auf Zucker, auch wenn man uns das nicht ansieht.«

»Vielleicht verbindet uns noch mehr als das. Wollen wir es herausfinden?«

Er hätte zu gern seinen Finger in die Sahne getaucht und ihn ihr zum Ablecken hingehalten, aber das wäre alles andere als die Unverbindlichkeit, die er anstrebte. Wer hätte gedacht, dass es so schwer war – schon jetzt?

»Also gut. Gestern habe ich an einem anderen Tisch zugestimmt, mitzuspielen. Ich bin nur überrascht, dass du das wörtlich nimmst.«

Sie stibitzte sich einen Löffel seiner Sahne, strich sie auf ihr Muffin und biss genussvoll hinein. Dann trank sie einen Schluck Kaffee und sagte: »Sie sind nicht von hier. Woher kommen Sie und was führt Sie nach Wiesbaden?«

Sean war nur kurz erstaunt, dann antwortete er: »Mein Name ist Sean McLeary, ich bin Ire und suche hier nach meiner Frau. Sie hat mich vor drei Wochen wegen eines Missverständnisses verlassen und ich will — ich muss sie zurückgewinnen.«

»So ein Zufall. Ich lebe seit fast drei Jahren in Connemara und bin unter anderem nach Deutschland gekommen, um mich scheiden zu lassen. Was nicht ganz so einfach ist, wie ich mir vorgestellt habe. Ich heiße Maren.«

Er ergriff ihre Hand, die sie ihm hinhielt, zwang sich dazu, sie nur kurz zu drücken und gleich wieder loszulassen.

»Das muss ja ein enormes Missverständnis sein, Mister Sean McLeary.« Sie biss in ihren Muffin, leckte sich einen Krümel von den Lippen.

Gott im Himmel! Wie gern er sie jetzt küssen würde. *Fall bloß nicht aus deiner Rolle, McLeary. Fremde. Wir sind Fremde.*

»Das ist richtig. Sie glaubt, ich hätte sie mit einer anderen Frau betrogen. Ich hoffe, sie davon überzeugen zu können, dass ich lediglich eine Ehrenschuld beglichen habe. Nicht immer ist alles so, wie es auf den ersten Blick zu sein scheint.«

»Diesen Spruch habe ich schon einmal gehört. Sogar daran geglaubt. Trotzdem gibt es Dinge, die sind genau so, wie sie aussehen, Mister Sean McLeary.«

»Sean genügt. Darf ich Sie Maureen nennen?« Er wartete ihr Nicken ab und sprach dann weiter: »Was haben Sie sich denn vorgestellt, in Deutschland erreichen zu können, das in Irland nicht möglich ist?«

»Ich dachte, es genügt, die deutsche Staatsbürgerschaft zu besitzen, um mich nach deutschem Recht scheiden zu lassen. Dummerweise hat es inzwischen eine Gesetzesänderung gegeben, wonach die Staatsangehörigkeit keine Rolle mehr spielt.«

»Und das bedeutet?«

»Mein Mann müsste mit der Scheidung einverstanden sein, damit wir nach einem Trennungsjahr ein hiesiges Gericht beauftragen können.«

»Das hört sich an, als sei er das nicht.«

»Schlimmer. Er ist sich keiner Schuld bewusst, und selbst wenn, wäre das irrelevant.« Sie griff nach ihrer Kaffeetasse, trank aber nur einen winzigen Schluck und stellte sie mit einem leisen Klirren zurück auf den Unterteller. »Wie, glauben Sie, können Sie Ihre Frau dazu bringen, Ihnen zu verzeihen? Auch wenn es Ihrer Meinung nach nichts zu verzeihen gibt, was ich mir schwer vorstellen kann. Eine Frau, die ihren Mann liebt, verlässt ihn nicht ohne triftigen Grund.«

»Zuerst glaubte ich, ihr meine Liebe mit Sex beweisen zu können, und es sah fast so aus, als sei mir das gelungen. Aber so einfach ist es nicht.«

»Sie sind ein sehr attraktiver Mann, Sean, aber eine Ehe besteht aus mehr als Sex.«

»Das ist mir mittlerweile auch klar. Wir waren praktisch Fremde, denen guter Sex wichtiger war als gute Gespräche.«

»Guter Sex, ja? Was ist mit Liebe?«

»Die wollte ich zuerst nicht wahrhaben und auch sie hat ihre Gefühle für mich lange verleugnet, aber unsere Liebe ist tief und aufrichtig, auf beiden Seiten. Da müssen Sie meinen Worten glauben, Maureen. Was die andere Behauptung betrifft — begleiten Sie mich in mein Zimmer und ich werde es Ihnen beweisen.«

»Bieten Sie jeder Zufallsbekanntschaft sofort ein Schäferstündchen an? Dann kann ich verstehen, warum Ihre Frau Sie verlassen hat.«

»Bitte vergessen Sie meine unbedachten Worte. Ein kleiner Rückfall in die Zeit, bevor ich meine Frau kennenlernte. Sie hat mein Leben komplett verändert. Natürlich habe ich das nicht wörtlich gemeint. Ich entschuldige mich dafür.«

Das Dumme war, dass es sowohl die Wahrheit als auch eine Lüge war. Früher hatte er Frauen oft solche Angebote gemacht, selten erfolglos, aber bei dieser ›Unbekannten‹ ging es um mehr, viel mehr. Er musste aufhören, Maureen in diesem Spiel gleichzeitig als Fremde und als seine Schattenelfe zu sehen, der gegenüber seine Aufforderung, allen Vorsätzen zum Trotz, wirklich ernst gemeint war.

»Das will ich dir auch geraten haben, Teufel«, zischte sie, kurz aus ihrer Rolle fallend, lehnte sich dann auf ihrem Stuhl zurück und sah ihn herausfordernd an.

Er besann sich wieder auf das Rollenspiel und wechselte übergangslos das Thema. »Haben Sie heute noch wichtige Termine, Maureen? Ich denke an einen Stadtbummel. Vielleicht könnten Sie mir helfen, ein paar wärmere Kleidungsstücke zu finden. Ich hatte keine Ahnung, dass es in Deutschland schon Anfang November so kalt ist.«

»Darüber lässt sich reden. Zufällig habe ich heute Vormittag sonst nichts vor.«

Sie gingen in Richtung Kirchgasse, wo es mehrere Kaufhäuser gab und Sean probierte einige wattierte Jacken an. Bei der ersten waren die Ärmel zu kurz, die zweite war zu weit, die dritte schien wie für ihn gemacht, einschließlich des warmen Bronzetons.

»Diese passt gut«, sagte Maureen. »Fühlen Sie sich wohl darin?« Dabei strich sie über seine Schultern, ließ ihre Hände einen Moment auf seiner Brust liegen, sah ihn kurz an und schnell wieder weg.

Er nickte mit trockenem Hals, fühlte ihre Berührung überdeutlich durch die dicke Daunenschicht, hätte sie am liebsten umarmt. Geküsst. Stattdessen trat er einen Schritt zurück. Danach gingen sie in ein Schuhgeschäft, wo er sich knöchelhohe, gefütterte Stiefel aussuchte und auch diese gleich anbehielt.

Später im Kurpark musste er sich dazu zwingen, neben ihr zu gehen, ohne seinen Arm um ihre Schulter zu legen, oder wenigstens nach ihrer Hand zu fassen. Er redete sich ein, die zwanzig Zentimeter Abstand zwischen ihnen seien der Grand Canyon.

Sie sprach über ihr Studium in Oxford, ihre Arbeit in der Bank, von ihrer ersten Ehe mit Victor und den Plänen, die sie gehabt hatten. Er erzählte von Australien, von Erfolgen und Misserfolgen in den Opalminen, wohin sich nur selten eine Frau verirrte. Dass kaum eine je abgelehnt hatte, sich mit ihm einzulassen, aber keine ihm mehr bedeutet hatte als ein kurzes Abenteuer. Dass er immer nur an der Befriedigung seiner körperlichen Bedürfnisse interessiert gewesen war.

»Ich habe mir meine Freiheit hart erkämpft und wollte sie auf keinen Fall verlieren«, gab er zu. »Damals war ich überzeugt, unverbindliche One-Night-Stands seien alles, was das Schicksal für mich bereithält. Etwas anderes konnte ich mir nie vorstellen.«

Schließlich gingen sie in ein Café, weil sie trotz ihrer warmen Kleidung froren. Bestellten sich heiße Schokolade. Mit Sahne. Und einen Cognac, allerdings nur für Sean. Als sie den Alkohol ablehnte, wusste er, dass sie nicht bleiben würde. Wie konnte er sie dazu bringen, wiederzukommen? Zunächst nahm er den Gesprächsfaden wieder auf.

»Dann traf ich meine Frau und erkannte plötzlich, was mir all die Jahre gefehlt hat. Es ist einfach geschehen, ohne dass ich es geplant hatte. Das Beste, was mir in meinem ganzen Leben passiert ist.«

»Und dann gehen Sie hin und setzen es leichtfertig aufs Spiel.«

»So war das nicht.« Er probierte einen Schluck von dem Cognac, der nur unzureichend wärmte. »Ich liebe meine Frau, sie ist meine erste und einzige wahre Liebe. Was ich getan habe, hatte nichts mit meinem Eheversprechen zu tun.«

»Ach ja?« Sie kniff die Augen zusammen und fixierte ihn abschätzig. »Die uralte Ausrede. Es hört sich an, als würden Sie es bei nächster Gelegenheit wieder tun.«

»Niemals! Sie irren sich, wenn Sie mich für einen skrupellosen Ehebrecher halten.«

»Und wie war das vorhin mit der Einladung in Ihr Hotelzimmer?«

»Die galt dir, mein Engel, nur dir.«

»Das ist gegen die Abmachung, Sean. Ich werde jetzt nach Mörfelden-Walldorf fahren. Du kannst ohne mich an deiner Rolle arbeiten.«

Sie stand auf, zog ihre Jacke an und ging ohne ein weiteres Wort zum Ausgang. Wie konnte sie ihn von einer Sekunde auf die andere einfach alleinlassen? Sean legte rasch einen Geldschein auf den Tisch und folgte ihr eilig.

»Kommst du wieder?« Er erstickte fast an der Frage und vergrub seine Hände in den Jackentaschen, um Maureen nicht anzufassen, an sich zu ziehen, und . . .

»Wie lange hast du das Hotelzimmer noch?«, fragte sie in neutralem Tonfall, was ihn jäh aus seiner Vision riss.

»Bis morgen. Ich könnte um eine weitere Nacht verlängern, aber ab Sonntag ist alles ausgebucht. Irgendeine Tagung.«

»Und dein Rückflug?«

»Der ist offen.«

»Sag Bescheid, dass deine Frau dir morgen beim Frühstück wieder Gesellschaft leisten wird. Ich werde gegen halb zehn in der Lobby sein.«

Er begleitete sie ins Parkhaus, war selig und frustriert zugleich, als sie ihn umarmte und innig küsste, während sie auf den Lift warteten. Als die Fahrstuhltür sich zwischen ihnen schloss, fror er trotz seiner neuen warmen Jacke.

6.

Marens Tagebuch

Freitag, 8.11.2019

Es ist Mittag. Ich komme gerade aus Wiesbaden zurück. Und von Sean. Er hat mir vor dem MSI aufgelauert. Mir blieb buchstäblich das Herz stehen, als er plötzlich hinter mir stand und mich ansprach. Gleichzeitig war es wie ein Schlag in den Magen — und natürlich zwei Handbreit weiter südlich. Ein Stromschlag. Starkstrom, was sonst. Durchgefroren bis auf die Knochen war er, aber ich verbrannte an ihm. Wie immer. Es wird nie anders sein. Ich werde es niemals schaffen, mich zwei Jahre von ihm fernzuhalten.

Selbst wenn ich in den afrikanischen Busch ginge, er würde mich finden. Wahrscheinlich würde er mir sogar auf den Mars folgen. Nur um mich von seiner Liebe zu überzeugen. Von seiner Aufrichtigkeit. Seiner Treue. Hallo? Ihm ist immer noch nicht klar, was er getan hat. Ehrenschuld, dass ich nicht lache.

Er will, dass wir Freunde werden. Wie soll das gehen? Indem wir uns zwei oder drei Mal pro Woche verabreden und irgendetwas unternehmen? Die Samstagnacht bei ihm oder bei mir verbringen? Ach nein, er behauptet allen Ernstes, dass er nicht mit mir schlafen wird, obwohl er es will.

Natürlich will er es. Wir sind süchtig nacheinander, das

steht außer Frage. Immerhin habe ich die erste Runde gewonnen. Benefits. Mehrzahl.

Als wir endlich in seinem Hotelzimmer waren, konnten wir uns gar nicht schnell genug die Kleider vom Leib reißen. Aber dann hat er sich Zeit gelassen. Hat sich zurück- und mich hingehalten. Es ist mir ein Rätsel, wie er das geschafft hat. Aber es war … eine Offenbarung. Statt uns übergangslos, nahezu kometenhaft, der reinen Lustbefriedigung hinzugeben, wie wir das immer getan haben, wenn er von einer Tour nach Hause kam, war es, als seien wir mitten im Ozean. Im Stillen Ozean. Wir trieben in einer leichten Strömung, schaukelten ganz sanft auf den Wellen. Stundenlang (subjektiv gesehen) nur Wasser und Himmel und wir beide. Irgendwann kam Wind auf, wurde das Meer unruhiger, zog uns die Strömung mit sich zu einem unbekannten Ufer, fanden wir uns in einer rauschenden Brandung, die sich auftürmte, brach und uns schließlich an Land spülte, an einen Strand wie Samt und Seide. Dann bebte die Erde, nicht bedrohlich, aber stetig und für eine lange, lange Zeit.

Anders kann ich es nicht beschreiben. Es war unglaublich. Als ich einschlief, besser gesagt, bewusstlos wurde, weder Hirn noch Knochen besaß, war er immer noch in mir. In meinem Körper, in meinem Herzen und in meiner Seele. Wie soll ich diesen Mann jemals aufgeben?

Habe ich ihm vergeben? Nein.

Will ich mich ernsthaft von ihm scheiden lassen? Es würde nichts ändern. Im Gegenteil. Je größer die räumliche Distanz zwischen uns, desto enger fühle ich mich ihm verbunden und die Sehnsucht wächst von Tag zu Tag. Besser gesagt, von Nacht zu Nacht.

Natürlich haben wir es später noch einmal getan, wild und voller Leidenschaft. Und ein weiteres Mal vor dem Frühstück. Das müsste vorerst genügen, hat er gesagt. Ich kann warten. Wie lange wird er es aushalten?

Die zweite Runde habe ich ihn gewinnen lassen. Das Rollenspiel. Macht sogar Spaß. Den ganzen Vormittag haben wir so getan, als seien wir uns zufällig im Frühstücksraum des Hotels begegnet, haben über Bücher und Filme gesprochen, uns Geschichten aus unserer Vergangenheit erzählt, als wären wir uns wirklich fremd.

In Wahrheit war nur wenig Neues dabei, blieb noch immer vieles ungesagt. Die wichtigsten Dinge erzählt man sich nicht schon in der ersten Stunde des Kennenlernens. Nur, dass unsere erste Stunde schon anderthalb Jahre dauert.

Wenn er zwischen zwei Touren nach Hause kommt, führen wir kaum echte Gespräche, nur das übliche Bettgeflüster. Wir reden hauptsächlich mit Händen und Lippen – und dem Rest unserer Körper. Müssten wir nicht irgendwann schlafen und etwas essen, würden wir wahrscheinlich erst voneinander ablassen, wenn er wieder fahren muss. Seans Stehvermögen ist unglaublich. Einen passenderen Namen als ›Strongboy‹ hätte er sich für sein bestes Stück nicht einfallen lassen können. Nun, ich habe kaum Vergleichsmöglichkeiten. Eher Hörensagen als eigene Erfahrungen.

Ich sollte nicht ständig daran denken, wann, wo und wie wir es tun, wenn er zuhause ist. Wie war das noch gleich mit dem warten können? Du sagst nichts, Maren, rührst ihn nicht an, du wartest einfach, bis er es tut. Allzu lange kann es ja nicht dauern. Höchstens ein paar Stunden. Das hältst du aus. Du hast es gerade erst drei lange Wochen ohne Sex ausgehalten.

Aber da war Sean außer Reichweite. Jetzt ist er es nicht mehr.

Ich habe versprochen, morgen mit ihm zu frühstücken. Im Parkhaus haben wir uns mehr als nur freundschaftlich geküsst und ich wäre mit ihm ins Hotel gegangen, wenn er mich darum gebeten hätte. Aber was macht er? Wünscht mir eine gute Fahrt und sagt, er freue sich auf unser Wiedersehen. Dabei konnte ich ganz genau fühlen, wie sehr er sich darauf freut, mich nicht nur zu sehen.

Dieser Mann macht mich wahnsinnig. Mein Mann. Sean McLeary ist immer noch mein Ehemann. Mit mir verbunden vor Gott und allen Menschen. Bis dass der Tod uns scheidet. Wie schnell das passieren kann, habe ich schon erlebt.

Wäre Victor nicht gestorben, hätte ich Sean niemals kennengelernt. Könnte ihn jetzt nicht vermissen, müsste nicht an seiner Aufrichtigkeit zweifeln.

Die Frage ist nicht, *ob* ich der Versuchung widerstehen kann, sondern *wie lange*. Und ob sein Wille stärker ist als meiner.

7.

Rollenspiel

Maren schlug das Tagebuch zu und legte es zurück in ihr Nachtschränkchen. Dann fuhr sie zum Supermarkt und auf dem Rückweg hielt sie vor einem kleinen Hotel drei Querstraßen von ihrer Ferienwohnung entfernt. ›Zimmer frei‹ stand auf einem Schild über der Eingangstür. Zehn Minuten später fuhr sie weiter, ohne ausgestiegen zu sein.

Zurück in der Ferienwohnung verstaute sie ihre Einkäufe und bezog dann das Bett im zweiten Schlafzimmer. Rein prophylaktisch, redete sie sich ein und dachte an das kleine Hotel. Sie zappte durch die Fernsehkanäle, konnte sich aber auf nichts konzentrieren. Schließlich aß sie lustlos ein Butterbrot und einen Apfel und ging früh zu Bett.

Ihr Smartphone schaltete sie erst am nächsten Morgen ein und schaute nach neuen Nachrichten. Natürlich war keine von Sean dabei; sie hätte ihm diese Nummer selbst dann nicht gegeben, wenn er danach gefragt hätte. Warum hatte er es nicht getan?

Moira schrieb, dass Sean die Schlüssel von ›The Ferns‹ vorbeigebracht hätte.

> Weißt du inzwischen, was du
> wirklich willst?

Schön wäre es. Sie antwortete Moira nicht. Als nächstes las sie Ciaras Nachricht.

Sean ist abgehauen. Ich habe ihm nicht gesagt, wo du bist, aber ich befürchte, er könnte es auf andere Weise herausbekommen haben.

Darauf antwortete sie:

Er hat mich schon gefunden. Ich melde mich später, muss jetzt losfahren. Wir werden zusammen frühstücken. Stell aber noch keinen Sekt kalt.

Als Maren eine Dreiviertelstunde später das Hotel betrat, wartete Sean schon auf sie, schien erleichtert zu sein, dass sie Wort gehalten hatte. Er umarmte sie zögernd und küsste sie, als sie sich nicht dagegen wehrte. Sein vertrauter Geruch nach Heu und Kräutern hüllte sie ein und sie musste sich zwingen, den Kuss zu beenden, statt ihn zu vertiefen.

»Guten Morgen, Sean«, sagte sie und warf einen Blick auf seine Reisetasche. »Wie ich sehe, haben Sie bereits ausgecheckt?«

Er nickte. »Damit wir uns mit dem Frühstück Zeit lassen können, Mistress McLeary.«

»Das ist gut. Ich bin sehr hungrig.« Sie hoffte, er konnte ihrem Tonfall und Blick entnehmen, dass sie nicht nur von ihrem Magen sprach. Ja, Volltreffer, er biss die Zähne zusammen und griff nach der Reisetasche. Das Spiel konnte von Neuem beginnen.

»Haben Sie sich schon nach einem Flug erkundigt, Sean?«, fragte sie, nachdem sie sich am Buffet bedient und Platz genommen hatten. »Ich kann Sie gern am Flughafen absetzen, der liegt ja auf dem Weg.«

Sie konzentrierte sich auf ihr Brötchen, sah ihn nur ganz kurz an. War zufrieden, als er mitten in der Bewegung, sein Frühstücksei zu köpfen, erstarrte.

»Ich könnte Ihnen noch ein wenig Gesellschaft leisten, falls Sie erst am Abend fliegen«, bot sie unverbindlich lächelnd an.

»Ich werde nicht nach Hause fliegen«, sagte er nachdrücklich.

»Ach nein? Sagten Sie nicht gestern, Ihr Hotel sei ausgebucht? Der Park eignet sich in dieser Jahreszeit schlecht zum Zelten. Ich glaube sogar, es ist generell verboten, wie auch das Übernachten unter einer Rheinbrücke.«

»Gibt es kein Hotel in diesem Dorf, in dem Sie zurzeit wohnen?«, fragte er gepresst.

»Es ist zwar ein Dorf, wie Sie schon bemerkt haben, aber es gibt einige, wegen der günstigen Lage zu Frankfurt und dem Flughafen. Viele Leute übernachten lieber außerhalb als mitten in der Großstadt. Oder wegen der günstigeren Zimmerpreise.«

»Dann ist es schwierig, dort eine Unterkunft zu finden?«

»Das sollte möglich sein, momentan finden keine größeren Messen statt. Wie lange wollen Sie denn noch in Deutschland bleiben?«

»So lange, bis ich meine Frau überzeugt habe, mit mir nach Hause zu kommen.«

»Das könnte aber länger dauern«, meinte sie mit einem skeptischen Seitenblick auf seine Reisetasche.

»Es gibt sicher Waschsalons, falls das Hotel keinen Wäscheservice anbietet.«

»Keine Ahnung, darauf bin ich nicht angewiesen. In meinem Badezimmer steht eine Waschmaschine und direkt nebenan ist der Trockenboden.« Sie bot ihm absichtlich nicht an, seine Wäsche zu waschen, und er fragte nicht danach.

»Sie haben sich also auf einen längeren Aufenthalt eingestellt, wenn Sie eine Ferienwohnung statt eines Hotelzimmers gemietet haben.«

Maren nickte und trank einen Schluck Kaffee. »Ich werde erst zur Vorbereitung der neuen Reisesaison nach Irland zurückkehren. Habe ich schon erwähnt, dass ich für einen Reiseveranstalter arbeite? Busrundreisen. Also ich fahre nicht selbst, noch nicht. Ich könnte es jederzeit, falls es zu Ausfällen kommen sollte. Normalerweise kümmere ich mich um Planung und Kommunikation.«

»Interessant, noch mehr Gemeinsamkeiten. Ich bin Reiseleiter. Mir gehört sogar ein Busunternehmen, zusammen mit meinem Schwager, Elmer Doyle. Vielleicht haben Sie schon davon gehört.«

»In der Tat. Aufstrebender Familienbetrieb, soll sehr beliebt sein bei den Gästen.«

»Wir bemühen uns, allen, die uns ihr Vertrauen schenken, mehr als das allgemein Übliche zu bieten. Was meinem Naturell entspricht, in jeder Beziehung.«

»Das glaube ich Ihnen gern, Sean.«

Da hatte er sich aber Zeit gelassen mit seinem ersten unterschwelligen Hinweis. Dabei hatte sie ihm gleich zu Anfang eine Steilvorlage geliefert.

Früher hätte er keine Gelegenheit für zweideutige Anspielungen ausgelassen und sie damit auf die Palme getrieben. Später hätte er ihren ›Hunger‹ sofort gestillt. Notfalls im nächsten Waschraum. *Denk nicht mal dran!,* ermahnte sie sich.

»Möchten Sie noch etwas vom Buffet oder wollen wir aufbrechen?«, fragte er.

»Danke, für den Moment hatte ich alles, was ich wollte. Wenn Sie bereit sind, können wir zum nächsten Tagesordnungspunkt übergehen.«

»Ich bin zu allem bereit, Maureen. Wie weit ist es bis zu diesem Dorf?«

O-oh, sie sollte einen Gang zurückfahren. Das war jetzt doch etwas zu eindeutig. Und irgendwie war das ganze Geplänkel äußerst albern.

»Etwa eine halbe Stunde«, sagte sie. Zeit genug, ihre Gefühle wieder unter Kontrolle zu bekommen. Hoffte sie wenigstens.

Im Lift zum Parkdeck musste sie an einen anderen, wesentlich kleineren denken, in einem Belfaster Hotel. Wie sie damals ihren Koffer, stellte Sean seine Reisetasche vor sich auf den Boden. Hielt Abstand zu ihr. Sein Blick sagte etwas ganz anderes. Sie wandte den Kopf ab, gab vor, in ihrer Handtasche nach den Autoschlüsseln zu suchen.

»Maureen«, flüsterte er, stieg über die Reisetasche und

drängte sie an die Wand. Hob ihr Kinn an und ergriff Besitz von ihren Lippen. Sie ergab sich mit einem wohligen Seufzer. Mit einem ›Ping‹ glitt die Tür auf, viel zu früh.

»Verzeih mir, das musste sein«, sagte er und bückte sich nach seiner Tasche.

Sie schwieg, ging mit wackligen Knien zu ihrem Mietwagen und öffnete die Heckklappe. War froh, sich auf den Fahrersitz fallen lassen zu können, und überließ es ihm, seine Tasche zu verstauen. Gerade legte sie ihre Handtasche vor den Rücksitz, als er auch schon neben ihr stand.

»Andere Seite«, sagte sie. »Rechtsverkehr.«

Und dachte an eine andere Art Verkehr. Daran, dass sie vielleicht doch ein Hotelzimmer für ihn mieten sollten. Was es auch nicht einfacher machte.

Sie wartete, bis er eingestiegen war, und scherte aus der Parklücke aus.

»Es darf gern ein kleines Hotel sein«, sagte er im Plauderton, als sie auf die Autobahn fuhr. »Ich brauche keinen Luxus.«

»Vielleicht habe ich ein Bed&Breakfast für Sie.«

»Ich wusste gar nicht, dass es das in Deutschland auch gibt.«

»Wir nennen es Pension, Gasthaus oder Jugendherberge — Hostel«, fügte sie hinzu.

»So einfach muss es auch wieder nicht sein. Ich mag keine Gemeinschaftsduschen.«

»Ach nein? Ich erinnere mich an — egal. Lassen Sie sich überraschen.«

»Von Ihnen jederzeit gern, Maureen.«

Sie hielt es für besser, das Thema zu wechseln, bevor es

allzu persönlich wurde. »Übrigens bin ich nicht nur hier, um privaten Interessen nachzugehen, der Termin in Wiesbaden war nur einer von mehreren. Sie dürfen mich gern zu einem oder zwei begleiten, wenn Sie schon einmal hier sind. Könnte sogar ganz hilfreich sein.«

»Das wusste ich nicht. Ich dachte, Sie wollten nur einen Anwalt konsultieren.«

»Sie wissen so manches nicht, Sean.«

»Klären Sie mich auf, Mistress McLeary.«

»Ich bin sicher, das sind Sie längst. Kleiner Scherz.« Allerdings war ihr jetzt nicht nach Scherzen zumute. Sie bemühte sich um einen sachlichen Tonfall. »Ich werde mit der Präsentation über unser Tourangebot, an der wir seit einiger Zeit arbeiten, zu einigen Volkshochschulen gehen. Diashow mit irischer Musik. Außerdem werde ich Möglichkeiten für individuell zusammenstellbare Rundreisen aufzeigen, je nach Interessensschwerpunkt. Sie könnten mich dabei unterstützen.«

»Individualtouren?«, fragte er ungläubig. »Davon weiß ich gar nichts.«

»Tja, warum wundert mich das nicht? Du hast es ja noch nie für nötig gehalten, deine Memos zu lesen. Ciara und ich schreiben nicht nur Rechnungen und heften Belege für das Finanzamt ab. Aber Mister McLeary ist damit zufrieden, seine Touren abzuspulen, und denkt ansonsten nur daran, wie er es an seinen freien Tagen seiner Frau möglichst oft besorgen kann – oder sonst wem.« Verdammt, sie hätte spätestens beim Finanzamt aufhören sollen. Wie sollte es weitergehen, wenn ihr die Situation jetzt schon über den Kopf wuchs?

»Das ist unfair, Maureen.«

Erleichtert, dass er sich nicht provozieren ließ, passte sie sich seinem milden Tonfall an. »Vielleicht ist es das. Vielleicht war ich selbst zu sehr daran interessiert, die wenige Zeit, die wir miteinander haben, in der Horizontalen zu verbringen, statt über geschäftliche Dinge zu sprechen. Als ich dir das halbfertige Konzept zeigen wollte, ist dummerweise etwas dazwischen gekommen, und ich hatte plötzlich ganz andere Sorgen.«

»Trotzdem musst du in den letzten Wochen recht fleißig gewesen sein, wenn du das Programm jetzt schon präsentieren kannst.«

»Ich brauchte Ablenkung. Ist das so schwer zu verstehen?«

»Nein. Es tut mir leid, Maureen. Wie es aussieht, reicht es nicht, Freunde zu werden, wir müssen auch an unserer Geschäftsbeziehung arbeiten.«

»Mir tut auch vieles leid, Sean.« Sie fuhr auf den Stellplatz vor einem dreistöckigen Wohnhaus und schaltete den Motor ab. »Wir sind da.«

Maren stieg aus und wartete, bis Sean seine Tasche aus dem Kofferraum genommen hatte. Dann ging sie zur Haustür an der Seite des Gebäudes, öffnete sie, indem sie einen Code eintippte, und stieg die Treppe zum Dachgeschoss hinauf. Hier zog sie einen Schlüssel aus ihrer Tasche und schloss damit eine von zwei Türen auf, deutete auf die andere. »Dahinter ist der Trockenboden«, sagte sie. »Komm herein.«

Nachdem er ihrer Aufforderung gefolgt war, schloss sie die Eingangstür und zeigte ihm das Bad links davon. Dann deutete sie auf die anderen Türen.

»Daneben ist mein Schlafzimmer, gegenüber das Wohnzimmer und am hinteren Ende des Flurs die Küche. Wie das Bad werden wir sie uns teilen müssen. Hier ist dein Zimmer.« Sie öffnete die Tür gegenüber dem Badezimmer.

»Das ist deine Ferienwohnung?«

»Richtig. Ich finde auch, wir sollten nicht unnütz Geld für Hotels verschwenden.« Den Zusatz ›schließlich werden bald Anwaltskosten auf uns zukommen‹ verkniff sie sich. Zum einen, weil sie sich dessen nicht mehr sicher war, zum anderen, weil sie es unfair fand, ihn ausgerechnet jetzt daran zu erinnern. Sie stellte ihre Handtasche auf einem kleinen Schränkchen ab, zog ihre Jacke aus und hängte sie an einen Haken. Sean hängte seine daneben, nahm die Reisetasche und stellte sie in seinem Zimmer ab. Er sah sich nur kurz darin um und kam wieder in den Flur.

»Danke. Ich werde Ihr Vertrauen nicht missbrauchen, Mistress McLeary. Darf ich dich umarmen, mein Engel?«

»Kannst du dich bitte entscheiden, ob wir Fremde, Geschäftspartner oder Mann und Frau sind? Mir ist gerade nicht nach Rollenspiel zumute.« Ihre Stimme klang müde, fast resigniert.

»Mir auch nicht, Maureen«, sagte er leise. »Ich liebe dich so sehr und es tut verdammt weh. Alles.«

Sie schmiegte sich in seine Arme und genoss einfach seine Nähe, seine Wärme, ohne gleich mehr zu wollen. Er schien auch nicht daran zu denken. Minutenlang standen sie reglos im Flur und hielten sich in den Armen. Schließlich trat sie einen Schritt zurück und streifte ihre Schuhe ab.

»Du kannst schon mal ins Wohnzimmer gehen, Sean. Ich koche uns einen Tee.«

Sean zog ebenfalls seine Stiefel aus. Unterdessen ging Maren in die Küche und schaltete den Wasserkocher ein. Sie ließ ihren Blick über die Teevorräte schweifen, und entschied sich für einen Kräutertee. Johanniskraut sollte angeblich entspannend wirken. Genau das Richtige.

Kurz darauf trug sie die beiden Tassen ins Wohnzimmer und setzte sich mit untergeschlagenen Beinen in eine Ecke der Couch. Sean saß in der anderen. Er griff nach seinem Teebecher und zog ebenfalls ein Bein auf die Couch, sodass er sie ansehen konnte, ohne sich den Hals zu verrenken. Sie wartete darauf, dass er etwas sagte, aber er nippte nur an seinem Tee, ließ sie dabei nicht aus den Augen.

»Genug Zucker?«, fragte sie und er nickte schweigend. Ihr fiel kein Gesprächsthema ein. Eigentlich fand sie es ganz schön, einfach nur dazusitzen und Tee zu trinken. Auch Sean schien die Stille zu genießen.

Irgendwann rutschte sie wortlos zu ihm hinüber und kuschelte sich in seine Arme. Kein Streicheln, keine Küsse, seien sie noch so freundschaftlich. Trotzdem, oder vielleicht gerade deshalb, hatte Maren das Gefühl, Sean noch nie so nahe gewesen zu sein. Außer vielleicht an jenem Tag in Clonakilty, als er sie gebeten hatte, seine Frau zu werden. Im Bus, nachdem sie bei seinen Eltern gewesen waren und er zum ersten Mal gesagt hatte, dass er sie liebte. Was so neu für ihn gewesen war, dass er zuerst seine Gefühle hatte beschreiben und fragen müssen, ob das Liebe war.

»Das haben wir fast nie getan«, sagte Maren schließlich. »Wir haben uns immer nur in den Armen gehalten, nachdem wir Sex hatten. Falls wir nicht sofort eingeschlafen sind oder du zur nächsten Tour aufgebrochen bist.«

»Und jetzt denke ich nicht einmal daran. Das ist paradox, oder nicht?«

»Ich war kurz davor, dir ein Hotelzimmer zu mieten, aber dann hätte ich ständig damit gerechnet, dass du plötzlich vor meiner Tür stehst und wir im Bett landen. Das wollte ich unbedingt vermeiden. Ich fühle mich sicherer, wenn du auf der anderen Seite des Flurs schläfst. Und das ist wirklich paradox.«

»Also keine Benefits? Darf ich dich trotzdem küssen?«

»Gegen einen Gutenachtkuss ist nichts einzuwenden. Jetzt habe ich erst mal Hunger. Wir könnten Pizza bestellen.«

»Gute Idee.«

Maren stand auf und holte einen Flyer, der im Flur an einer Pinnwand hing. Sie suchten sich jeder eine Pizza aus und Maren rief den Lieferservice an.

»Irgendwo habe ich eine Flasche Rotwein versteckt«, sagte sie, ging in die Küche und öffnete ein paar Schränke. »Nichts Besonderes, aber zur Pizza wird er wohl genügen.«

Sie reichte ihm die Flasche und einen Korkenzieher. Dann deckte sie den kleinen Tisch zwischen Seitenwand und Kühlschrank und setzte sich auf den Stuhl an der Vorderseite. Sean nahm übereck Platz und schenkte den Wein in zwei Gläser.

»Ich bin einverstanden, es mit Freundschaft zu versuchen«, sagte sie betont sachlich, um weder bei sich noch bei ihm voreilige Hoffnungen zu wecken, die sich vielleicht doch nicht erfüllten.. »Aber ohne Rollenspiel. Das ist auf Dauer albern.«

»Schade, es fing gerade an, Spaß zu machen«, antwortete Sean in gleicher Weise, prostete ihr zu, und sie kosteten den Rotwein.

Akzeptabel, fand Maren und stellte das Glas ab.

»Spaß zu haben, ist etwas unpassend in unserer derzeitigen Situation«, sagte sie, wohl wissend, dass sie sich damit auf dünnes Eis begab. *Lieber jetzt als später.*

»Da muss ich dir leider recht geben.« Seine Stimme klang rau, als er nach einer kleinen Pause fragte: »Willst du deinen Plan immer noch weiterverfolgen? Also die Sache mit dem Anwalt.«

»Würdest du denn dem Antrag zustimmen?« Was, wenn er jetzt ›Ja‹ sagte? Hoffnung und Enttäuschung rangen um die Vorherrschaft. Was wollte sie wirklich? Einen Schlussstrich oder einen Neuanfang? Sie sollte sich endlich entscheiden.

Zunächst stellte sich ein Hauch von Erleichterung ein, unmittelbar gefolgt von den allgegenwärtigen Zweifeln, als er energisch antwortete: »Auf gar keinen Fall. Ich werde alles tun, um dein Ehemann zu bleiben. Alles.«

»Darauf bin ich wirklich gespannt.« Sie wollte ihre Hand wegziehen, als er seine darauf legte, ließ es aber bleiben und wechselte stattdessen das Thema. »Kommst du mit zu den VHS-Terminen?«

Falls er irritiert war, zeigte er es nicht. Er lehnte sich lediglich zurück und ließ dabei ihre Hand los. »Gern. Ich möchte mir nur vorher die Präsentation anschauen.«

»Dazu haben wir morgen und am Montag genug Zeit. Der erste Termin ist am Dienstag, in Offenbach, dann am Donnerstag in Mainz. Vormittags beim Ministerium für Wissenschaft,

Weiterbildung und Kultur, da geht es um die Nordirlandtour. Am Abend die neue Präsentation in der Volkshochschule, in der Woche darauf in Marburg und schließlich in Idstein, jeweils mittwochs. Ich habe mich auf die nähere Umgebung konzentriert, also Hessen und Rheinland-Pfalz. Den Dezember habe ich ausgelassen, wegen Weihnachten. Im Januar will ich noch nach Heidelberg und Mannheim. Liegt beides in Baden-Württemberg. Ciara und ich haben vorsichtshalber drei Termine im nächsten Jahr für individuelle Touren geblockt. Sollte sich durch die Vorträge nichts ergeben, können wir sie kurzfristig in das normale Programm aufnehmen. Oder Elmer und dir ein paar Tage Urlaub gönnen. Das können wir uns mittlerweile leisten.«

»Hm, vielleicht sollte ich doch die Memos aufmerksamer lesen. Ich gebe zu, dass ich mich darauf verlassen habe, dass du mir sagst, wenn ihr etwas Neues plant.«

»Du hättest fragen können.«

»Schuldig im Sinne der Anklage.« Sean griff gerade nach seinem Weinglas, als die Klingel ertönte.

»Das wird die Pizza sein«, vermutete Maren, stand auf und ging zur Tür. Kurz darauf ließ sie die Pizzen auf zwei Teller gleiten und sie aßen größtenteils schweigend.

Später am Abend fragte Sean: »Soll ich vorsichtshalber meine Tür abschließen?«

»Vertrauen, Sean. Du sagtest, Freundschaft bedeutet auch Vertrauen. Schlaf gut.«

Sie küsste ihn nur kurz, holte dann ihr Smartphone und rief Ciara an. Um zu vermeiden, dass Sean etwas davon mitbekam, setzte sie sich auf den Badewannenrand und drehte die Dusche auf.

Danach lag sie in ihrem Bett und versuchte zu vergessen, dass er auf der anderen Seite des Flurs war und vielleicht doch auf sie wartete. ›Keine Benefits heute Nacht‹, schrieb sie als letzten Satz in ihr Tagebuch. Überraschenderweise schlief sie recht schnell ein.

Sean lag noch länger wach. Er dachte daran, wie es war, seine Frau in den Armen zu halten, ohne sofort mit ihr schlafen zu wollen. Seit er mit fünfzehn begonnen hatte, sich für das andere Geschlecht zu interessieren, war dies immer sein einziges Bestreben gewesen. Auch bei Maureen. Sex war die einzige Art von Liebe, die ihn interessierte. Je mehr Frauen er von seinen Qualitäten überzeugen konnte, desto besser fühlte er sich. Zumindest für kurze Zeit, bis er die nächste Bestätigung brauchte. Er hatte nie lange suchen, sich nicht einmal besonders anstrengen müssen. Genießen und vergessen.

Dass es mit Maureen anders war, hatte er sehr schnell gemerkt. Sie berührte etwas in ihm, von dessen Existenz er bisher keine Ahnung gehabt hatte; besaß Macht über seine Gedanken, nicht nur über seinen Körper. Er wollte sie sowohl in seinem Bett als auch in seinem Leben. Weil er nichts anderes kannte, hatte er ihr seine Liebe mit Sex bewiesen.

Sie war ebenso verrückt nach ihm wie er nach ihr, also waren sie das perfekte Paar. Vorgestern hatte es nicht lange gedauert, bis sie regelrecht auf Sex bestanden hatte. Das hatte ihn glücklich gemacht, ihn glauben lassen, damit sei alles wieder gut. Auch wenn sie das bestritt, waren sie dennoch auf einem guten Weg — oder etwa nicht?

Freundschaft war Teil des Symbols ihrer Ehe, dem Claddagh. Das Herz war das Wichtigste, das Zentrum, doch brauchte es Hände, die es festhielten, wie es die Krone brauchte, die es beschützte.

Sowohl Vergangenes als auch ihre Träume und Zukunftspläne miteinander zu teilen, war nur ein weiteres Zeichen gegenseitigen Vertrauens. Sean war nie besonders mitteilsam gewesen, behielt seine Gedanken lieber für sich, aber er log nie um seines eigenen Vorteils willen. Niemandem gegenüber. Jede Frage verdiente eine ehrliche Antwort. Schon immer hatte er die Energie, die erforderlich war, um sich Lügengeschichten auszudenken, lieber für andere Dinge verwendet.

Doch belog er sich womöglich selbst? Maureen so nahe zu sein wie am Nachmittag auf der Couch, ohne gleichzeitig in ihr sein zu wollen, hatte ihm eine tiefere Befriedigung geschenkt, als er jemals für möglich gehalten hätte. Vielleicht schuldete er ihr ein paar Antworten auf Fragen, die sie nie gestellt hatte.

Brigid hatte bei ihrem Treffen in Dublin von Striptease gesprochen, damit aber seine Seele, nicht seinen Körper gemeint. Trotzdem hatte er sich zuerst ausgezogen, als er mitten in der Nacht in ›The Ferns‹ geschlichen war. Und natürlich hatte Maureen ihm nicht widerstehen können.

Das wiederum erinnerte ihn an die Frage, die sie gestern gestellt hatte: »Sag mir, wie es war, als du mit Brigid geschlafen hast. Was hast du dabei empfunden?« Das war das Schwerste.

Er malte sich aus, über den Flur zu gehen, zu ihr ins Bett zu kriechen und sie einfach nur in den Armen zu halten. Darüber schlief er ein, mit völlig entspannten Lenden.

8.

Geständnisse

Die Temperaturen blieben die ganze Woche über im einstelligen Bereich, etwa acht Grad in Offenbach, sieben in Mainz. Nicht einmal auf dem Feldberg, wo sie sich um den Gefrierpunkt bewegten, lag Schnee. Am Freitagmorgen schlug Sean vor, trotzdem hinzufahren, auch wenn sie keinen Schneemann bauen konnten.

»Du willst nur deine neue Daunenjacke spazierenführen, stimmt's?«, neckte Maren ihn.

»Das auch«, gab er zu. »Hast du nicht dort in der Nähe gewohnt?«

Maren wurde schlagartig ernst. »Robert ist nicht da.«

»Der Mann mit der indischen Freundin? Was hat das mit ihm zu tun?«

»Er und Victor waren Squash-Partner, und als die Wohnung neben seiner zum Verkauf stand, hat er uns mit dem Makler zusammengebracht. Wir haben uns gegenseitig um Pflanzen und Post gekümmert, wenn Robert beruflich unterwegs oder wir in Urlaub waren; sind zusammen ausgegangen. Meistens zu dritt, manchmal zu viert, wenn er gerade für ein paar Wochen oder Monate liiert war. Sarita hält den Rekord mit mittlerweile über einem Jahr.«

»Verstehe. Wir müssen nicht dorthin fahren, wenn es dir unangenehm ist. Was macht Robert eigentlich beruflich?«

Maren entspannte sich. Sie war unsicher, wie sie auf

den Anblick des Hauses reagiert hätte, in dem sie fast zehn Jahre lang gewohnt hatte — wo sie glücklich gewesen war. Zudem lag der Friedhof mit Victors Grab nur zwei Querstraßen entfernt. Nach der Beerdigung war sie nie wieder dort gewesen, hatte auch diesmal nicht die Absicht, es zu sehen.

»Er ist Reisejournalist, berichtet mehr über die Lebensumstände der Menschen als über touristische Sehenswürdigkeiten. Im Oktober hat er mir geschrieben, dass er für ein paar Monate nach Indien geht. ›Flucht vor dem Winter‹, hat er behauptet. Insgeheim hoffe ich, dass er nicht nur zu Recherchezwecken dort ist. Warst du schon mal auf einer indischen Hochzeit?«

»Ich war bisher nur auf zwei Hochzeiten, der von Ciara und Elmer und meiner eigenen.« Er machte eine kleine Pause und fuhr dann entschlossen fort: »Ich habe mir oft gewünscht, das Verbot des Kings ignoriert zu haben, und nach Leeds gefahren zu sein. Vielleicht hätte ich Brigid vor dem schlimmsten Fehler ihres Lebens bewahren können. Leider fehlte mir das Geld und niemand wollte mir etwas leihen. Auch sein Verdienst. Ich hätte trampen können, aber das war ja auch schon einmal schiefgegangen.«

Seltsamerweise schmerzte es kaum, dass er Brigid erwähnte. Sie war ein Teil seines Lebens, würde es wohl immer sein, was sie schon einmal akzeptiert hatte. Je eher sie das erneut tat, egal, was inzwischen passiert war, umso besser. Maren drückte seine Hand und sah ihm in seine mahagonifarbenen Augen.

Er legte seine Stirn an ihre und sagte leise: »Uns allen

wäre vieles erspart geblieben, wenn ich damals den Mut aufgebracht hätte, es wenigstens zu versuchen.«

»Es ist nicht deine Schuld, Sean. Woher hättest du wissen sollen, was Trevor Harrison für ein Mensch ist? Du kanntest ihn doch nur aus ihren Briefen und sie war verliebt in ihn, also alles andere als objektiv.«

Er lehnte sich zurück, hielt aber weiter ihre Hand fest. »Ich hätte ihm auf den Zahn gefühlt und gemerkt, was mit ihm los ist. Auf meine Menschenkenntnis konnte ich mich immer verlassen. Ein nicht unerheblicher Aspekt meines Erfolgs bei Frauen. Funktioniert auch bei Männern. Es war in Bushmills, nicht wahr? L. B.«

Maren sah ihn an, erstaunt über den plötzlichen Themenwechsel.

»Wie kommst du darauf?«, fragte sie.

»Sagen wir, ich habe es gerochen. Also nicht wörtlich, ›gespürt‹ wäre das passendere Wort. Ich habe gehofft, mich dieses eine Mal zu täuschen. Weißt du eigentlich, wie oft ich in Belfast kurz davor war, in dein Zimmer zu stürmen und dich … Willst du, dass ich es dir demonstriere? Zum Beispiel jetzt gleich?«

Sofort durchfuhr sie ein wohliger Schauer, doch dann schüttelte sie langsam ihren Kopf. »Vielleicht ein andermal.«

Die vergangene Woche hatte ganz im Zeichen geschäftlicher Belange gestanden. Sieben Tage ohne Sex. Als Sean noch in Irland gewesen war, hatte sie sich schmerzlich danach gesehnt, an jedem einzelnen Tag, in ihren schlaflosen Nächten sowieso. Und jetzt, wo er ihr nahe war und sie nur die Hand auszustrecken bräuchte, wies sie ihn zurück.

Warum? Was war passiert in dieser Woche, dass sie sich mit Küssen und Umarmungen zufriedengab? Dass er es ebenfalls tat? Hin und wieder flammte durchaus Begehren auf, entweder bei ihr oder bei ihm, merkwürdigerweise nie gleichzeitig.

Später fuhren sie über Bad Soden nach Königstein, besuchten den Opel-Zoo und gingen dort Mittagessen. Auf dem Feldberg wehte ein eisiger Wind. Sie liefen trotzdem ein Stück über den Wanderweg, schauten über die Baumwipfel zur diesigen Frankfurter Skyline, wegen der die Mainmetropole auch ›Mainhattan‹ genannt wird, in Anlehnung an New York. Nach einer Stunde brachen sie ihren Spaziergang ab, fuhren hinunter zum Sandplacken und wärmten sich dort im Restaurant bei heißer Schokolade und Apfelstrudel mit Sahne auf.

Statt anschließend die gleiche Strecke zu nehmen, die sie gekommen waren, bog Maren in nördlicher Richtung ab. Eine kleine Rundreise über Neu-Anspach und Bad Homburg, die sie östlich an Frankfurt vorbei nach Mörfelden-Walldorf bringen würde.

»Was ist Hessenpark?«, fragte Sean kurz vor Wehrheim und bezog sich damit auf ein Schild am Straßenrand.

»Ein Freilichtmuseum. Wie Bunratty, nur ohne Burg. Manchmal gibt es Vorführungen in traditionellem Handwerk, spinnen, weben, töpfern oder korbflechten. Man kann auch Kleidung, kleine Holzmöbel, Seifen und Bürsten dort kaufen. Metzger und Bäcker nicht zu vergessen. Sie backen fantastisches Brot.«

»Das würde ich mir gern mal ansehen.«

»Im Winter ist er nur an den Wochenenden geöffnet. Und sie schließen schon um fünf Uhr abends.«

»Es muss ja nicht sofort sein. Für heute habe ich genug gefroren.«

Maren schmunzelte. »Ich könnte uns einen Glühwein machen. Nicht ganz so stark wie Whiskey-Punsch, aber er wärmt auch gut von innen.«

Kurz danach kamen sie an der Saalburg vorbei, einem rekonstruierten Römerkastell und beliebten Ausflugsziel, und Maren schlug vor: »Wir könnten am Sonntag herkommen und beides kombinieren. Interessierst du dich überhaupt für die Römer? Sie sind nie bis Irland gekommen, oder?«

»Doch, natürlich. In Drumanagh, nördlich von Dublin, hat man römische Artefakte gefunden. Da Irland aber weder über nennenswerte Bodenschätze verfügt, noch eine militärische Bedrohung für das Römische Reich darstellte, haben sie auf eine Eroberung verzichtet. Für Schottland haben sie sich ja auch nicht interessiert, haben nur die Grenze zu England gesichert, mit dem Hadrianswall.«

»Hier kannst du noch Reste vom Limes sehen. Ciara hat mir erzählt, du wolltest Geschichte studieren. Und Literatur. Dass dein Vater dich gezwungen hat ...«

»Nenn ihn nicht so, bitte«, unterbrach er sie gepresst.

»Entschuldige. Was ist damals wirklich passiert? Du hast gesagt, du willst, dass wir Freunde werden. Das bedeutet, nicht nur über positive, sondern auch über negative Erlebnisse zu sprechen. Bisher hast du das nur andeutungsweise getan. Wir sind seit fast zwei Jahren zusammen, aber du bist für mich noch immer eine weiße Landkarte. Du zeichnest lediglich Umrisse, die Farbe darin stammt fast ausschließlich von Ciara. Wenn du also über bestimmte Themen nicht reden willst, ist das zwar dein gutes Recht, aber dann können wir dieses Experiment genauso gut hier und jetzt beenden.«

»Ich werde reden. Heute Abend. Bei dem versprochenen Glühwein. Mach dich auf düstere Farben gefasst.«

Maren nickte und die restlichen Kilometer fuhren sie größtenteils schweigend.

Im Supermarkt hatten sie Kasseler und Sauerkraut gekauft, dazu gab es Kartoffelbrei, ein typisch hessisches Essen und eine gute Unterlage für den Glühwein. Danach saßen sie mit untergeschlagenen Beinen auf der Couch, jeder in seiner Ecke, mit einem Plätzchenteller in der Mitte. Zimtsterne, Lebkuchen und Dominosteine.

»Der King hat mich nie als einen Menschen mit eigenen Vorstellungen und Wünschen gesehen«, begann Sean, »geschweige denn als seinen Sohn. Nicht einen Tag meines Lebens. Ich wurde einzig zu dem Zweck gezeugt, die Familientradition weiterzuführen, eine Marionette, an deren Fäden er je nach Lust und Laune zog. Seiner Meinung nach braucht ein Gärtner keine höhere Bildung, es reicht, wenn er sich mit Pflanzen und Jahreszeiten auskennt.«

Der ›King‹. Maren erinnerte sich, dass Sean seinen Vater schon als Kind so genannt hatte. Nach dem despotischen König Lear, was durchaus passend war. Natürlich sprach er ihn nicht so an. Er nannte ihn ›Sir‹, was nicht weit davon entfernt war. Sie wollte nicht noch mehr schlafende Hunde wecken, indem sie Sean fragte, ob George McLeary selbst auf dieser Anrede bestanden hatte. Vorstellen konnte sie es sich durchaus.

»Warum hat er dich überhaupt in die Voluntary Secondary School gehen lassen?«

»Mein Klassenlehrer und sogar der Schulleiter haben ihn darauf angesprochen. Der King wollte mich wahrscheinlich nur scheitern sehen, aber den Gefallen habe ich ihm nicht getan. Mutter sagte, es sei allein meine Schuld, dass er meine Schulzeit für beendet erklärte, kurz bevor das zweite Trimester des Senior Cycles begann. Ich hätte eben nicht versuchen sollen, nach Leeds abzuhauen.«

»Da hat er sich aber Zeit gelassen. Du hast doch gesagt, du wärst fünfzehn gewesen, als du das versucht hast.«

»Nein, hat er nicht. Ich *war* fünfzehn. Als die Garda mich zurückbrachte, war schon alles erledigt.« Sean fischte sich einen Dominostein aus der Gebäckschale.

»Da stimmt aber etwas nicht. Normalerweise machst du frühestens mit sechzehn das Junior Certificate. So lange gilt auch die Schulpflicht.«

Sean lachte bitter auf. »Der King findet immer einen Weg, Gesetze zu seinen Gunsten zu beugen. Er hat es ausgenutzt, dass ich das letzte Junior-Trimester übersprungen habe. Barnaby, der Schulleiter, hat mich vorzeitig zum Transition-Test zugelassen und mich direkt ins zweite Senior-Trimester eingestuft. Es war eine Herausforderung, aber das war mir nur recht.« Er zuckte leicht mit den Schultern. »Nachdem die Kennedys weg waren, vergrub ich mich förmlich in meinen Büchern. Mit dem bestandenen Test hatte ich automatisch den Junior-Abschluss und einer Gärtnerlehre stand nichts mehr im Weg. Ich musste nicht einmal auf die Vocational School. ›Zu gegebener Zeit besuchst du einen Kurs und machst den Meisterbrief. Dürfte dir ja nicht schwerfallen‹, hat der King gesagt. Es war klar, dass ich den erst brauchen würde, wenn er auf dem Totenbett lag. Es kam dann doch etwas anders.«

Sean schwieg und Maren trank ihren Glühwein aus. Da er offensichtlich eine Pause brauchte, stand sie auf und ging in die Küche, wo der Rest im Topf vor sich hin simmerte. Sie griff nach der Schöpfkelle, um ihre Tasse nachzufüllen, und dachte daran, wie Sean sich gefühlt haben musste. ›Zwischen ihn und Brigid passte kein Blatt Papier‹, hatte Ciara einmal gesagt. Als Maren die Kelle abspülen wollte, kam Sean herein.

»Mir bitte auch noch einen. Daran könnte ich mich gewöhnen.« Er stellte seine leere Tasse neben ihre volle auf die Arbeitsplatte.

Maren legte die Kelle auf das Abtropfbrett der Spüle, drehte sich zu ihm um und umarmte ihn. Strich sanft über seinen Rücken, stellte sich auf die Zehenspitzen und küsste ihn zärtlich. Er schmeckte nach Schokolade und Marzipan, nach Zimt, Nelken und Rotwein. Schließlich lösten sie ihre Lippen voneinander, hielten sich noch einen Moment in den Armen, dann füllte Maren auch Seans Tasse und sie gingen zurück ins Wohnzimmer, nahmen wieder ihre Plätze auf der Couch ein.

Obwohl er sich ungern daran erinnerte, begann Sean zu erzählen, worum es dem King wirklich gegangen war: Um ein Grundstück, das an die Gärtnerei grenzte und somit der ideale Standort war, um dort Obstbäume zu pflanzen.

»McLeary-Äpfel. Du erinnerst dich an den Tag, als wir im English Market in Cork waren? Damals sagte ich, es sei meine Schuld, dass die Nursery nur an den Baumschösslingen verdient, nicht an deren Früchten. Michael Halloran, der Eigentümer des Geländes, lehnte jahrelang jedes Kaufangebot ab, obwohl er es nicht einmal als Weide nutzte. Dann brannte seine Scheune ab, die Pferde im angrenzenden Stall gerieten in Panik und Michaels wertvollster Zuchthengst brach sich bei seinem Fluchtversuch das Genick. Ein paar Jährlinge rannten auf die N 71, was zu mehreren Autounfällen, teilweise mit Totalschaden führte. Es ist viel Blut geflossen an jenem Tag. Die Menschen kamen alle mit dem Leben davon, aber vier oder fünf Pferde mussten getötet werden.«

»Du warst dabei«, sagte sie betroffen.

Sean nickte und trank von seinem Glühwein. Er dachte an das blutüberströmte kleine Mädchen, das er durch ein zersplittertes Heckfenster gezogen hatte. Wie die Mutter ihm das Kind abgenommen und an sich gedrückt hatte. Er sah den gebrochenen Unterarmknochen der jungen Frau aus ihrem Blusenärmel ragen und schloss kurz die Augen. Darüber wollte er nicht reden. Auch nicht über den jungen Mann, der immer wieder panisch geschrien hatte: »Meine Beine sind weg!« Sie waren noch dran gewesen, aber seither saß er in einem Rollstuhl statt auf seinem Motorrad.

»Der Schaden ging in die Hunderttausende«, fuhr Sean fort, als hätte es keine Unterbrechung gegeben. »Michaels Versicherung deckte nur einen Teil davon. Der King frohlockte und machte ihm ein weiteres Kaufangebot für das Grundstück, das wesentlich niedriger ausfiel als die vorangegangenen. Michael lachte und behauptete, das Land sei längst die Mitgift seiner Tochter Agnes. ›Zu schade, dass du kein Witwer bist, George McLeary, dann bekämst du es gratis und als Bonus eine Frau im gebärfähigen Alter‹, sagte er. Und so kam ich ins Spiel. Schon am nächsten Tag präsentierte mir der King im Beisein unseres Anwalts und meines künftigen Schwiegervaters die Übertragungsurkunde samt der daran geknüpften Bedingungen.«

»Du meinst, er hat dich benutzt, um billig an ein Grundstück zu kommen?«

Er nahm ihre Empörung nur am Rande wahr und sprach monoton weiter: »Für beide war ich nur Mittel zum Zweck. Keine Ahnung, was Michael Halloran sich von dem Kuhhandel versprochen hat, außer seine Tochter endlich unter die Haube zu bringen. Agnes war rund fünfzehn Jahre älter als ich, mit Ende dreißig gerade noch in der Lage, den nächsten McLeary-Erben zu gebären. Anschließend könnte ich mir, wie gewohnt, mein Vergnügen in fremden Betten suchen, sagten sie, Hauptsache, ich ginge dabei diskret vor. Ich sah nur die Chance, durch meine Unterschrift Zugriff auf die Firmenkonten zu haben und damit an das nötige Geld für meine Flucht zu kommen. Als künftiger Erbe bezog ich kein Gehalt, mein Taschengeld und die Tips, die ich für Lieferfahrten oder im English Market bekam, hätten kaum für ein Fährticket nach England gereicht, geschweige denn für einen Flug nach Sydney. Natürlich habe ich sofort nach den ersten Erträgen begonnen, jeden Cent zurückzuzahlen. Mit Zinsen. Wie du erlebt hast, bin ich dennoch ein Dieb und Nichtsnutz, der den ach so edlen Namen McLeary in den Schmutz gezogen hat. Ich wünschte, ich hätte dich nie in sein Haus gebracht.«

»Nein, das war gut so. Womöglich hätte ich dir sonst nicht geglaubt. Ja, ich weiß, du bist kein Lügner, aber ich hätte die Geschichte für leicht übertrieben gehalten.«

Schließlich nahm sie ihn noch einmal in den Arm und plötzlich wusste er, dass sie ihn liebte, auch wenn sie es nicht sagte.

Als er später allein in seinem Bett lag, dachte er an die Frage, die sie ihm in Wiesbaden gestellt hatte. Vielleicht sollte er auch diese Schublade öffnen und es ihr erzählen. Bald.

In den folgenden fünf Tagen besuchten sie den Hessenpark und die Saalburg, arbeiteten an der Präsentation oder unternahmen Spaziergänge im Wald. Abends hielten sie sich manchmal stundenlang in den Armen, redeten aber hauptsächlich über unverfängliche Themen. Sean sprach – eher beiläufig – von seinen ersten erfolglosen Annäherungsversuchen bei Mädchen und wie er es schließlich geschafft hatte, eine erfahrene Frau dazu zu bringen, ihm ›Unterricht zu erteilen‹.

»Ich sah es wirklich als Schulstunden an, und das praktische Lernen fiel mir ebenso leicht wie zuvor das theoretische. Natürlich bekam ich kein schriftliches Diplom, aber meine

Kenntnisse haben sich schnell herumgesprochen und bald hatte ich die freie Auswahl in jeder Altersklasse.«

Einmal erzählte er von den Pubbesuchen mit Liam, Paul und Hector; von den Wetten, die sie dort abgeschlossen hatten und bei denen es um das Aufreißen von Frauen ging.

»Wenn wir uns um verschiedene Frauen bemühten, ging es darum, wer zuerst mit der Auserwählten den Pub verließ. Der Letzte musste die Zeche bezahlen. Gab es nicht genügend Auswahl an Frauen, die ohne Begleiter da waren, haben wir uns auf eine bestimmte geeinigt, und dann mit Darts, Billard oder Würfeln die Reihenfolge ausgeknobelt. Gewann ich, kamen die anderen nur zum Zug, wenn ich innerhalb der vereinbarten Viertelstunde kein Interesse hatte, die Nacht mit ihr zu verbringen. Ausschlaggebend war, worüber und wie sie sprach, ob sie schon angetrunken und allzu lüstern war, wie sie roch, solche Sachen. Meistens hatte ich auch dann Erfolg, nachdem sie alle gescheitert waren. Anfangs nannten sie es Zermürbungsbonus, sahen aber irgendwann ein, dass ich das nicht nötig hatte.«

»Natürlich, du musstest nur beschließen, dass euer Opfer deiner Qualitäten wert ist«, sagte Maureen abfällig. »Bei mir hast du es ja auch versucht. Der Hauptgrund, warum ich dich nicht leiden konnte.«

Er schüttelte den Kopf. »Oft hat mich der Wettbewerb mehr gereizt als die Aussicht auf Sex. Mit einer x-beliebigen Frau zu schlafen, nur um Druck abzubauen, ist nicht wirklich befriedigend. Das habe ich nur ein- oder zweimal getan. In Australien. Nachdem ich monatelang kein weibliches Wesen zu Gesicht bekommen hatte.«

»Woher kennst du die drei eigentlich?«

»Hector ist Fahrlehrer. Bei ihm habe ich den Busführerschein gemacht. Liam ist sein Cousin und Paul haben wir bei einem Pub-Quiz kennengelernt. Er verfügt über noch mehr nutzloses Wissen als ich.«

Maureen erzählte von ihrer Cousine Ingrid, mit der sie nach dem Tod ihrer Mutter viel Zeit verbracht hatte. Und von Lothar, Ingrids Mann.

»Den konnte ich noch nie leiden. Ein schmieriger Typ. Nachdem er mich ›armes Waisenkind‹ auf unzüchtige Weise trösten wollte, habe ich Ingrid nur noch besucht, wenn er nicht da war.«

»Wie alt warst du, als deine Mutter starb?«, fragte Sean alarmiert.

»Zwanzig, aber noch Jungfrau. Victor habe ich erst drei Jahre später kennengelernt. Zwei Wochen vor unserer Hochzeit habe ich ihn gebeten, diesen Zustand zu beenden.«

Sie tranken literweise Kräutertee und obwohl sie sich oft ausgiebig küssten, schliefen sie in getrennten Zimmern. Sean hatte in den letzten zwölf Nächten nur zweimal Hand an sich gelegt und sich gefragt, ob Maureen öfter mit sich selbst spielte. In Wiesbaden hatte sie ihm gestanden, es fast täglich getan zu haben, seit sie in Deutschland war. Er führte seine ›Zwiegespräche mit Strongboy‹ seit jeher nur selten.

Einmal, als er länger als geplant unterwegs gewesen war, hatten sie es via Skype gemeinsam getan und obwohl die Verbindung ruckelfrei war, hatte es beide eher frustriert als befriedigt. Dass Männer für Telefonsex bezahlten, war in seinen Augen die reinste Geldverschwendung. Irgendwann hatte er einen Bericht darüber gesehen, in dem die meist verheirateten Frauen, die damit ihr Haushaltsgeld aufstockten, währenddessen bügelten, kochten oder Staub wischten. Auf ihn wirkte es völlig abartig, wenn sie vorgaben, bestimmte Körperteile zu berühren und dabei sogar stöhnten, obwohl sie in Wahrheit gerade ihre Zimmerpflanzen gossen.

Der Vortrag in Marburg fand erst am Abend statt, aber sie fuhren schon am Vormittag los, um das Mathematikum in Gießen zu besuchen. Sean, den Zahlen ohne geschichtlichen Zusammenhang wenig interessierten, war dennoch begeistert von der Ausstellung. Entgegen seiner Annahme ging es gar nicht um Mathematik an sich. Stattdessen gab es verschiedene Geschicklichkeitsspiele, zwei- und dreidimensionale optische Täuschungen, sogar das Komponieren von Musik wurde in Relation zu den mathematischen Grundregeln gesetzt.

»In Pirmasens gibt es etwas Ähnliches, es heißt Dynamikum und beschäftigt sich mit Physik«, sagte Maureen, als sie in der Cafeteria bei Cappuccino und Kuchen saßen. »Bis dorthin sind es rund zweihundert Kilometer.«

»Du musst mich nicht zu jedem Museum im Umkreis schleppen. Anfangs hast du gesagt, du würdest nicht die Reiseleiterin für mich spielen«, erinnerte er sie lächelnd.

»Ich tue das nicht für dich. Hierher wäre ich auch gekommen, wenn du nicht da wärst. Victor und ich waren oft in allen möglichen Ausstellungen oder auf Messen.«

Der Saal in der Marburger Volkshochschule bot Platz für etwa sechzig Menschen und es waren nur wenige Plätze frei geblieben. Der Veranstaltungsleiter – er hieß Konrad Baumann und war etwa Mitte fünfzig – half Maureen, ihren Laptop an den vorhandenen Beamer anzuschließen und das Bild auf der Leinwand zu justieren. Worüber sie währenddessen sprachen, verstand Sean natürlich nicht, anscheinend Smalltalk, denn Maureen hielt es nicht für nötig, etwas zu übersetzen. Dann rief sie die modifizierte Präsentation auf, klickte gezielt ein paar Fotos an, bezog ihn aber auch dabei nicht in das Gespräch mit ein.

Als es Zeit war und die Türen geschlossen, sprach Konrad Baumann ein paar einleitende Worte, stellte sie offenbar vor – ›Mister und Mistress McLeary‹ war alles, was er verstand – bat Sean dann mit einer einladenden Geste an das Rednerpult und setzte sich in die erste Reihe.

»In Irland ist einiges anders als auf dem Kontinent«, begann Sean, während Maureen die Diashow steuerte. »Wir fahren auf der linken statt auf der rechten Straßenseite, die Sie gern ›die falsche‹ nennen, aber schließlich gibt es mehr als ›right or wrong‹. Auch ist unsere Insel nicht einfach grün, sondern verfügt über vierzig verschiedene Schattierungen von Grün, sagt man. Das liegt natürlich daran, dass es ständig regnet, werden Sie nun denken, aber das ist definitiv falsch. Wir Iren sind unter anderem berühmt für unsere Sprichworte, und eins davon lautet: ›Wenn dir das Wetter nicht gefällt, warte fünf Minuten.‹ Sie können aus heiterem Himmel in einen Hagelschauer geraten und sich ein paar Minuten später von der Sonne trocknen lassen. Vergessen

Sie Ihren Regenschirm, der nützt bei dem Wind sowieso nichts, aber packen Sie Sonnencreme ein.«

Sean gefielen die Vorträge, bei denen er sich ganz auf das Publikum konzentrieren konnte und nicht gleichzeitig Bus fahren musste. Die Leute hingen an seinen Lippen, und ebenso an Maureens, die seine Ausführungen ins Deutsche übersetzte.

»Oberflächlich betrachtet, sind wir Iren ein widersprüchliches Volk«, fuhr er fort. »Zum Beispiel bedeutet ›Luck of the Irish‹ oft das Gegenteil, und Malin Head, der geografisch nördlichste Punkt Irlands, liegt nicht in Nordirland, sondern in der Republik, also im Süden. Womöglich glauben Sie auch, wir hätten unsere unzähligen Rebellionen gegen die britische Besetzung unseres Landes nicht ernst gemeint, weil es siebenhundertfünfzig Jahre gedauert hat, bis der Osteraufstand von 1916 zum Erfolg führte, aber auch hier irren Sie sich. Alle Anführer wurden im Kilmainham Gaol inhaftiert, wo sie in Einzelzellen auf ihre standrechtliche Erschießung warteten. Wie Sie sehen, kann man diese Zellen im neuen Trakt besichtigen.« Sean ließ die entsprechenden Fotos auf das Publikum wirken und sprach erst weiter, als der Innenhof zu sehen war. »James Connolly, der zu schwer verwundet und daher nicht in der Lage war, zu stehen, wurde soweit aufgepäppelt, bis man ihn auf diesem Stuhl festband, um ihn ebenfalls erschießen zu können. Éamon de Valera, späterer Premierminister und ab 1959 vierzehn Jahre lang Präsident von Irland, entging seiner Hinrichtung nur, weil er in New York geboren und somit amerikanischer Staatsbürger war. Seine Mutter war Irin und er wuchs bei seinen Großeltern in County Limerick auf. Sechs Jahre später wurde die erste Verfassung des irischen Freistaates verabschiedet, worauf es zum Bürgerkrieg kam. Selbst nach der Überarbeitung 1937 blieb der politische Status Irlands bis 1949 unklar. Die Republik Irland, die Padraig Pearse an Ostern 1916 etwas voreilig ausgerufen hat, gibt es tatsächlich erst seit dem 18. April 1949.«

Maureen fügte bei ihrer Übersetzung hinzu: »Also nur fünf Wochen vor der Gründung der Bundesrepublik Deutschland am 24. Mai.«

Sean sprach von den Hochkreuzen in Monasterboice, Kells und Clonmacnoise, von Newgrange, den Loughcrew Cairns und den Ceide Fields, den Slieve League Klippen, die als die höchsten in Europa gelten, den Cliffs of Moher und dem Burren, und kam nach Politik, Frühgeschichte und den Naturschönheiten schließlich zur Literatur. Unter anderem natürlich zu Heinrich Böll, William Butler Yeats und James Joyce. »Wenn Sie seinen ›Ulysses‹ mögen, sollten Sie sich den Bloomsday in Dublin nicht entgehen lassen«, sagte er zum Beispiel oder zitierte einige Stellen aus ›Gullivers Reisen‹ von Jonathan Swift, wobei er auf den Bezug zur damaligen Politik einging. Hier und da flocht er auch persönliche Anekdoten ein, passend zu einzelnen Fotos der Diashow.

Am Ende bat Konrad Baumann um einen weiteren Termin im Januar, um den möglichen Ablauf einer zehntägigen Tour im Juli zu besprechen, Schwerpunkt Literatur und Frühgeschichte.

»Es dürfte kein Problem sein, die Mindestteilnehmerzahl von fünfzehn zu erreichen«, sagte er. »Ich befürchte eher, dass wir die Obergrenze von zwanzig sprengen könnten.«

»In diesem Fall können wir gern einen zweiten Termin Ende September vereinbaren«, bot Maren an. »Noch haben Sie die freie Auswahl.«

»Werden Sie Ihren Mann als Dolmetscherin begleiten, Mistress McLeary?«

»Sehr gern, wenn Sie das wünschen, Herr Baumann.«

»Unbedingt. Sie sind so ein bezauberndes Paar.«

»Danke«, sagte Sean, nachdem Maureen diese Bemerkung übersetzt hatte, legte seinen Arm um ihre Schultern und küsste sie kurz auf die Wange. »Wir tun unser Bestes, damit das so bleibt.«

Heute Nacht werde ich nicht allein schlafen.

»Du wirkst etwas abwesend, Sean. Woran denkst du?«, fragte Maren, nachdem sie sich verabschiedet hatten und ins Auto gestiegen waren.

»An dich, an uns, an ausgedehnte Benefits.«

Sofort schnellte ihr Puls in die Höhe. Sean beugte sich zu ihr herüber und küsste sie verlangend. Leise schnurrend erwiderte sie den Kuss in gleicher Weise, bog ihren Rücken durch, als er ihre Brust umfasste und legte ihre Hand auf seinen Schritt. *Oh, ja.*

Als sie sanft zudrückte, rutschte er hastig zurück auf den Beifahrersitz und fragte mit rauer Stimme: »Wie lange?«

»Knapp anderthalb Stunden, wenn die Autobahn frei ist.«

»Fahr.«

Sie fuhr wie eine gesengte Sau. Zum Glück gab es nirgendwo Stau. Sie sprachen kein einziges Wort, bis er nach nur fünfundsiebzig Minuten die Wohnungstür hinter ihnen schloss und sie gleichzeitig mit seinem Körper an die Wand drückte.

Maren drehte ruckartig ihren Kopf zur Seite, als er sie küssen wollte und schob ihn weg. »Du hast mir kürzlich eine Demonstration versprochen. Belfast, Zimmer 138. Gib mir drei Minuten zur Vorbereitung.«

Dann lief sie in ihr Schlafzimmer, zog sich hastig aus, kroch nackt unter die Bettdecke und stellte sich schlafend. Hielt die Luft an, als sie das leise Klicken der Tür hörte, Sean sich kurz darauf über sie beugte und seine Zunge sanft ihre Lippen berührte, während er ihr die Decke wegzog. Zuerst wehrte sie sich heftig, schlug sogar auf ihn ein, doch als er sie auf den Rücken drehte und sich über sie kniete, krallte sie sich unvermittelt mit Armen und Beinen an ihm fest und nahm gierig seinen Mund in Besitz. Vermutlich hätte sie genau das auch in Belfast getan.

Sean nahm sie ohne jegliches Vorspiel, heftig und ungezügelt, genau, wie sie es sich erhofft hatte.

Hinterher lagen sie einander zugewandt, schließlich stützte er einen Ellbogen auf und legte den Kopf in seine Hand. Mit der anderen streichelte er ihre Seite, vom Brustkorb über die Taille, dann zum Bauchnabel und noch ein Stück tiefer.

Sie keuchte. »Hör auf. Willst du mich umbringen?«

»Im Gegenteil. Ich erwecke dich zum Leben. Komm noch einmal für mich.«

Er ließ seine Finger spielen und ihr blieb gar nichts anderes übrig.

»Fass mal hinter dich«, forderte er sie auf, nachdem sie wieder ruhiger atmen konnte. »Ich habe zwei Gläser Wein mitgebracht. Das hätte ich damals auch getan. Oder hinterher deine Minibar geplündert.«

»Ganz authentisch war das jetzt trotzdem nicht«, sagte sie matt.

»Stimmt, in Belfast hätte ich bereits ein Kondom unter dem Handtuch getragen.«

»Dann war meine Frage in ›The Ferns‹ doch nicht ganz unberechtigt.« Sie schmunzelte ebenfalls und trank einen Schluck Wein. Das tat gut. Ihre Kehle schien das einzig Trockene an ihr zu sein. »Nein, du hättest klopfen müssen und ich hätte dir garantiert nicht aufgemacht. Selbst wenn du behauptet hättest, du bräuchtest meine Hilfe bei einem Notfall mit einem der weiblichen Gäste.«

»Notlügen sind nicht mein Stil. Was hätte ich damit erreicht? Du hättest mich vor der Tür warten lassen und dich angezogen. Das war das Letzte, was ich wollte. Also hätte ich einfach Patrick gebeten, eine zweite Schlüsselkarte für dein Zimmer zu codieren. Er hätte nicht einmal nach dem Grund gefragt.«

»Patrick, aha. Der Junge war dir wohl einen Gefallen schuldig?« Sie legte ihren Zeigefinger auf seine Lippen, als er antworten wollte. »Will ich gar nicht so genau wissen. Ich wünschte, du wärst … nein, stimmt nicht. Dann hättest du bekommen, was du wolltest und ich — keine Ahnung. Womöglich hätte ich meine Selbstachtung verloren und dich auf Schritt und Tritt verfolgt wie eine rollige Katze. Oder vielleicht meinen Job gekündigt, um dir nie wieder begegnen zu müssen.«

»Keine Chance. Ich hätte mich nie mit einem einzigen Mal begnügt. Obwohl ich zu dem Zeitpunkt überzeugt war, nicht in dich verliebt zu sein, musste ich ständig an jenen ersten, flüchtigen Kuss denken, daran, was ich am liebsten sofort getan hätte.«

»Mich hinterm Rhododendron vernascht? Davon habe ich in jener Nacht geträumt, äußerst lebhaft. Leander erzählte mir von seinen Reitausflügen, aber hinterher habe ich *dich* geritten, nachdem ich *ihn* vor meiner Zimmertür geküsst hatte.« Maren stellte das inzwischen leere Weinglas auf den Nachttisch und zog die Bettdecke über sich, weil ihr langsam kühl wurde. »Dabei habe ich ihn wirklich gemocht. Seine romantischen Mails, unsere Gespräche, er war höflich, zurückhaltend, seine Küsse waren sehr angenehm. Schau nicht so, Freunde reden über solche Dinge. Es hatte nicht das Geringste mit dir zu tun, dass ich ihn verlassen habe. Im Bett war er … Keine Sorge, ich gehe nicht ins Detail. Nur so viel: Als wir in Bushmills das erste Mal Sex hatten, war ich gleichermaßen befriedigt und frustriert. Dabei hätte ich es belassen sollen, statt ihm eine zweite Chance zu geben. Er hat gar nicht gemerkt, dass ich ihm in Dublin die Restaurantszene aus ›Harry und Sally‹ vorgespielt habe. Hinterher wollte er, dass ich nach Deutschland zurückgehe und mit ihm zusammenlebe. Er hat sogar von Heirat und Kindern gesprochen.«

Dann erzählte sie kurz von dem Treffen in Darmstadt, von Leanders Gefühlskälte, die sie nie zuvor bemerkt hatte. Dass sie sich gefragt hatte, ob das sein wahres Gesicht war oder vielleicht doch eine späte Rache wegen ihrer Abfuhr in Dublin.

»Ich habe ihn nie für besonders gefühlvoll gehalten. Ein Bürokrat mit einem Stock im Hintern«, sagte Sean nach kurzem Überlegen. Dann zog er amüsiert die Augenbrauen hoch. »Seine Küsse waren angenehm? Was ist das denn für eine Beschreibung? Angenehm, also wirklich.«

»Doch, das konnte er wirklich gut, ich habe ihn sehr gern geküsst. Es war wie — an einem kalten, stürmischen Abend vor dem Kaminfeuer sitzen. Sicher und warm und geborgen. Das war es, was ich dabei empfunden habe. Ein schönes Gefühl. Hätte ich damals schon gewusst, wozu du allein mit Lippen und Zunge fähig bist … als du plötzlich in ›The Ferns‹ auftauchtest — ich wäre fast schon gekommen, bevor du mir deine Hand zur Verfügung gestellt hast. Nein, auch das stimmt nicht ganz. Schon nach der kleinen Kostprobe in Ciaras Garten habe ich es geahnt. Ich war buchstäblich vom Blitz getroffen und hatte richtiggehend Panik, dass du es noch einmal tun könntest und mich zu einem Häufchen Asche verbrennen würdest. Du hast daran gedacht, im Lift in Belfast, stimmt's?«

»Schuldig im Sinne der Anklage. Und ich habe dir nichts ›zur Verfügung gestellt‹. Ich wollte dich nur davon abhalten, dich an mir zu reiben, weil ich sonst auch — das ist mir zuletzt mit fünfzehn passiert. Hab ich dir von Maggie O'Donnell erzählt?«

Maren nickte. »Die junge Frau, in die du damals verknallt warst.« Sie legte eine Hand auf seine Brust, die sich warm anfühlte.

»Genau die. Sie sagte: ›na, Jack, wächst dein Bohnenstängel gerade bis in den Himmel?‹ und hat mich absichtlich mit ihrer Hüfte angerempelt. Dann hatte ich nicht nur eine Beule in der Hose, sondern auch einen feuchten Fleck. Ich hab mich in Grund und Boden geschämt und sie hat nur gelacht. Damals habe ich mir geschworen, dass mir so etwas nie, nie wieder passieren darf. Ist es auch nicht. Ich hatte immer alles unter Kontrolle — bis ich dich traf. Sag mir eins: Als ich dich damals in dein Zimmer begleitet habe, warst du doch kurz davor, dich mir zu ergeben; ich habe es in deinen Augen gesehen. Was hat dich dazu gebracht, den Spieß umzudrehen?«

»Du hättest nicht pfeifen dürfen.« Sie lachte, als er sie verständnislos ansah. »Als ich dich rausgeschickt habe, um meinen Koffer auszupacken. Du gingst in dein Zimmer und hast ›you can leave your hat on‹ gepfiffen. Schwerer Fehler, Boss.«

»Ich wusste, dass die Wände dort dünn sind, aber nicht so dünn. Daran müssen wir denken, wenn wir das nächste Mal in Belfast sind.«

»Du glaubst, das werden wir?«

»Spricht etwas dagegen? Dieser Baumann sagte, er wolle uns beide für eine Tour.«

»Da war aber nicht die Rede von Belfast.«

»Die meisten Touren sind noch offen. Du könntest auch einfach so mitkommen.« Sean strich mit einem Finger an ihrem Haaransatz entlang, schob eine Strähne hinter ihr Ohr und ihr Puls schnellte in die Höhe.

»Zwei Guides zum Preis von einem? So kommt ›Doyle & McLeary Bustours‹ nie auf einen grünen Zweig. Jetzt hast du mich aber ganz geschickt vom Thema abgebracht.«

»Küsse am Kaminfeuer? Wenn wir zu Hause sind, werde

ich dir ein paar Kostproben geben. Von Stürmen, Blitzen und von Geborgenheit. Das ist ein Versprechen.«

»Was macht dich so sicher, dass du es halten kannst?«

»Mein Vertrauen in dich und unsere Liebe, das Wachsen unserer Freundschaft. Nicht zuletzt mein Stehvermögen.« Er zwinkerte, hob sein Bein an und ihr Blick huschte zu seiner Körpermitte.

»Lass gut sein. Die kleine Demonstration war nur als Zwischenspiel gedacht.« Trotzdem musste sie sich gewaltsam vom Anblick seiner sich aufbauenden Erektion losreißen, der ihr Herz und andere Körperteile in Aufruhr versetzte.

»Schickst du mich jetzt weg?«

»Wenn du versprichst, brav zu sein, darfst du bleiben.«

»Das schaffe ich. Gib mir nur drei Minuten«, wiederholte er ihre Worte von vorher.

9.

Gefühle

Zwei Tage später, am Freitagabend, lehnte Maren sich in ihre Ecke der Couch und legte ihre Füße auf Seans Oberschenkel. Er begann, sie sanft zu massieren, was sie überaus angenehm fand.

»Erzählst du mir von deinen Freundinnen? Tina und Mary, richtig?«, fragte er. »Woher kennst du überhaupt lesbische Frauen?«

»Fast richtig. Sie heißen Nina und Marie. Warum soll ich keine lesbischen Frauen kennen – nur, weil ich hetero bin? Kennst du etwa keine schwulen Männer?«

»Entschuldige, das war eine blöde Frage. Gleichgeschlechtlich orientierte Menschen werden zum Glück nicht in Käfigen gehalten, man kann ihnen überall begegnen. In Irland dürfen sie seit November 2015 sogar heiraten und Kinder adoptieren.« Maren entnahm seinem Tonfall, dass er das gut fand. War es ja auch.

»Adoptionen waren hier schon zwei Jahre früher möglich, aber nur für leibliche Kinder eines Partners. Hochzeiten erst zwei Jahre später, allerdings sind eingetragene Partnerschaften schon seit 2001 erlaubt.«

»Damit hinken wir Iren zehn Jahre hinterher.« Sean grinste. »Zurück zu Nina und Marie. Wie hast du sie kennengelernt?«

»Nina und ich haben zusammen in Frankfurt studiert, uns in Oxford ein Zimmer geteilt und später bei derselben

Bank gearbeitet. Sie ist immer noch dort. Bevor du fragst: Nein, sie war nie in mich verliebt, wir sind nur Freundinnen. Marie ist Innenarchitektin. Victor kannte sie von einer Ausschreibung, bei der beide leer ausgingen. Im April 2006 — ich war erst seit ein paar Wochen mit Victor zusammen — lud sie ihn zur Feier ihres ersten Großauftrags ein und sagte, er dürfte gern noch ein paar Freunde mitbringen. Nina war gerade frisch getrennt, also habe ich sie überredet, uns zu begleiten, damit sie auf andere Gedanken kommt. Es hat sofort gefunkt zwischen den beiden. Als Victor und ich im Spätsommer anfingen, unsere Hochzeit zu planen, hatten sie bereits ihren Partnerschaftsvertrag geschlossen.«

»Haben sie Sarah schon als Baby adoptiert?«

»Sie ist Maries leibliche Tochter und war schon vier, als Nina sie adoptieren durfte. Ihren biologischen Vater haben sie gemeinsam im Katalog der Samenbank ausgesucht. Sie wollten noch ein zweites Kind, aber als es nach drei Versuchen in zwei Jahren nicht geklappt hat, haben sie es aufgegeben.« Maren griff nach ihrem Weinglas und trank einen Schluck.

»Soweit ich weiß, kostet IVF ein Vermögen.«

»Stimmt, aber sie sind beide recht erfolgreich. Nina hatte schon immer ein Händchen für Börsengeschäfte und Marie stattet hauptsächlich Hotels und Restaurants aus, hin und wieder eine ›Bonzen-Villa‹, wie sie es nennt. Vor einem halben Jahr haben sie eine größere Wohnung gekauft, fünf Zimmer, Terrasse und Gartenanteil. Ein nach neuesten Standards sanierter Altbau im Frankfurter Westend, sehr exklusive Adresse. Als ich letztes Jahr im Januar hier war, unter anderem zur Feier ihrer Hochzeit, hätte ich nur die Wahl zwischen der Couch oder einer Luftmatratze im Kinderzimmer gehabt. Bei Carlo und den Zwillingen wäre es ähnlich gewesen. In Roberts Wohnung ist zwar genug Platz, aber … egal. Also habe ich behauptet, ich würde lieber in ein Hotel gehen, als einen zu bevorzugen. Die Gastfreundschaft von Cousine Ingrid und Lothar in Anspruch zu nehmen, kam für mich gleich gar nicht infrage.«

»War der etwa immer noch hinter dir her?«

Maren zuckte die Schultern. »Er hält sich für unwiderstehlich.«

»Mit der Meinung dürfte er ziemlich allein dastehen.«

»Komischerweise gelingt es ihm trotzdem, sich in fremden Betten zu tummeln. Ingrid hat im Herbst endlich den Mut gefunden, ihn zu verlassen, seit sie als Köchin in einem Bistro arbeitet. Na ja, nicht so ganz. Sie ist erst mal in die Einliegerwohnung gezogen und macht für ihren Pascha oben keinen Finger mehr krumm. Hat ihn auf Unterhalt verklagt und hofft, dass sie sich bald eine kleine Wohnung im Nachbarort leisten kann.«

Inzwischen war der Wein ausgetrunken, aber als Sean eine zweite Flasche öffnen wollte, lehnte sie ab, behauptete, müde zu sein und lieber ins Bett gehen zu wollen.

»Darf ich mitkommen?«, fragte er mit diesem speziellen Timbre in der Stimme.

Kurz zögerte sie, sagte dann aber bestimmt: »Heute nicht. Gute Nacht, Sean.«

»Gute Nacht, Maureen, schlaf gut.« Er blieb mit hängenden Schultern sitzen, während sie aufstand und mit leisem Bedauern ins Bad ging. Wäre er ein wenig hartnäckiger gewesen, hätte sie nichts dagegen gehabt, in seinen Armen einzuschlafen.

Zwei Tage später kam sie mitten in der Nacht in sein Zimmer, weckte ihn mit einem zärtlichen Kuss und flüsterte: »Mir ist so kalt, Sean, bitte wärme mich.«

Dann schlüpfte sie unter die Decke und schmiegte ihren Rücken an seine Brust. Er hielt sie fest in seinen Armen und nach ein paar Minuten fühlte er, dass ihr Zittern nachließ. Sein Verdacht, dass es von etwas anderem als der Kälte kam, bestätigte sich, als sie nach seinen Händen griff und leise sagte: »Ich habe von Ardmore geträumt.«

Er sah den Hügel mit dem Rundturm vor sich, einem der höchsten und am besten erhaltenen in Irland; die in zwei unterschiedlich großen Arkadenreihen angeordneten Skulpturen auf der Westwand der Kirchenruine daneben; den während des Bürgerkrieges ausgebrannten Wehrturm auf der Klippe, das Wrack der ›Samson‹, ein Kranschiff, das 1987 dort gestrandet war und seither vor sich hin rostete, und ›Father O'Donnels Holy Well‹, direkt am Klippenrand.

»Bist du dort mit Victor gewesen?«, fragte er vorsichtig.

»Auch, aber nur kurz, auf der Durchreise von Waterford nach West Cork. Zuletzt war ich im April 2017 dort, als ich ›The Ferns‹ fertig eingerichtet hatte und mich zu langweilen begann. Im Mai war ich in County Clare, im Juni habe ich mich erfolglos bei einigen Banken vorgestellt und mich hinterher nach einem Tagesausflug zu den Aran Islands erkundigt.

Bei der Gelegenheit hat Aoife mich zu Ciara geschickt.«

»Wofür ich ihr und jedem Personalchef, der dich abgelehnt hat, dankbar bin.« Er küsste zärtlich ihren Hals und drückte sie ein wenig fester an sich.

»Lenk nicht ab. Ich will dir von meinem Traum erzählen. Er begann schwarz-weiß. Ich war am Strand, am St. Declans Stone, der von Wales aus übers Meer geschwommen sein soll, und hab mich darunter gelegt. Wenn er Rückenleiden und Rheuma heilen kann, dann vielleicht auch ein gebrochenes Herz, dachte ich. Dann merkte ich, dass der kleine Stützstein anfing zu bröseln, und bin weggelaufen, bevor der tonnenschwere Felsbrocken auf mich stürzen konnte. Wie eine Spinne kletterte ich die Klippe hoch, es war, als hinge ich an meinem eigenen Seidenfaden. Das Cliff-Hotel war geschlossen, also rannte ich zur heiligen Quelle, setzte mich in die kleinere der beiden Nischen. Die ganze Zeit hat mich der Stein verfolgt, sich dann direkt vor den Eingang geschoben und ihn komplett verschlossen. Zuerst fand ich die Dunkelheit nicht bedrohlich, fühlte mich sogar geborgen, beschützt, wie ein Baby im Mutterleib. Vor allem, als das Quellwasser immer höher stieg, bis es die Nische völlig ausfüllte. Plötzlich hörte ich Victors Stimme. ›Was hast du in meinem Grab zu suchen? Geh weg, leb dein Leben. Jemand wartet auf dich, braucht dich‹. Ich schrie, völlig lautlos, und Declans Stein zerbarst in Millionen funkelnder Staubkörnchen, die in allen Farben leuchteten. Ich sah einen Schatten, der seine Hand nach mir ausstreckte, war aber zu geblendet, um zu erkennen, wer es war. Dann bin ich aufgewacht.«

Sie drehte sich um, verflocht ihre Beine mit seinen und

legte ihre Arme um seine Schultern. »Damals im April habe ich auch geschrien, oben auf dem Klippenweg. Habe daran gedacht, über die Kante zu springen. Ich weiß nicht, was mich davon abgehalten hat oder wie ich zu dem B&B in Youghal gekommen bin. Jedenfalls habe ich meine Sachen gepackt, das Zimmer bezahlt und bin nach ›The Ferns‹ gefahren; vier Stunden, ohne anzuhalten. Davon habe ich nie jemandem erzählt. Allen gegenüber habe ich behauptet, dass es mir gut geht, obwohl das Gegenteil der Fall war. Würdest du mich jetzt bitte küssen?«

Er tat es mit großer Zärtlichkeit. Sie liebten sich lange und schliefen irgendwann ein, ohne einen Höhepunkt erreicht zu haben.

Als er am späten Vormittag erwachte, war sie nicht mehr da und er fragte sich, ob er alles nur geträumt hatte.

Während des Brunchs erwähnten sie weder das eine noch das andere, besprachen stattdessen den Vortrag in Idstein, der in drei Tagen stattfinden sollte, und passten die Präsentation an. Es war der letzte Termin vor Weihnachten und beim Abendessen fragte er, ob sie dann immer noch hier sein würden.

»Das war mein Plan. Willst du nach Hause?«

»Zuhause ist, wo du bist«, sagte er nachdrücklich.

Maureen nickte schweigend, stand auf und räumte den Tisch ab. Sie spülten gemeinsam das Geschirr und danach folgte er ihr ins Wohnzimmer, beobachtete, wie sie zu dem halbhohen Schrank unter der Schräge ging, in dem der Fernseher und ein tragbares CD-Radio standen. In den offenen

Fächern daneben lagen einige DVDs und CDs. Zielsicher griff sie nach einer CD und drehte sich zu ihm um.

»Schau, was ich beim Staubwischen gefunden habe.«

Er las ›London Symphony Orchestra‹, ›Maurice Ravel‹ und ›Boléro‹, schaute sie verständnislos an und war vollends verwirrt, als sie mit einem verheißungsvollen Lächeln fragte: »Hast du schon einmal im Liegen getanzt?«

»Zu einer Sinfonie? Dazu kann man nicht tanzen, weder stehend noch liegend.« Er hatte keine Ahnung, was sie damit meinte.

»Eigentlich ist es ein Ballett. Einem britischen Eistanzpaar hat es 1984 in Sarajewo olympisches Gold eingebracht.« Sie nahm das CD-Radio und ging zur Tür. »Komm.«

Das überaus erotische Musikstück dauerte nur etwa fünfzehn Minuten, lief aber in Endlosschleife und sie ›tanzten‹ dazu in mehreren Variationen.

Nach dieser unglaublichen Nacht, so völlig anders als die vorangegangene, beschloss Sean, Maureen von jenem verhängnisvollen Nachmittag in Galway zu erzählen. Damit sie dieses Kapitel endlich abschließen, den Schwebezustand beenden und im besten Fall ihre Ehe auf einer normalen Ebene fortsetzen konnten. Den ganzen Tag zerbrach er sich den Kopf darüber, wie er am besten beginnen sollte. Da es nie leicht war, über Gefühle zu sprechen, konnte ein kleiner Schwips nicht schaden. Also bereitete er nach dem Abendessen einen Whiskey-Punsch zu, mit Zitronenscheiben, Gewürznelken und braunem Zucker.

»Du hast doch etwas vor«, sagte Maureen mit einem

kurzen Blick auf seinen Schritt. »Hattest du in den letzten beiden Nächten nicht genug?«

»Ja und ja. Obwohl, wenn mich recht erinnere, können wir von solchen Aktivitäten beide kaum genug bekommen, mein teuflischer Engel.«

Er hielt ihr eins der Gläser hin, hob sein eigenes und sagte: »Auf die Erfüllung deiner Wünsche.« Mit dem ersten Schluck verbrannte er sich prompt die Zunge.

»Ich will heute keinen Sex.« Sie lehnte sich in ihre Ecke der Couch, schob ihre Füße unter ein Kissen und nippte vorsichtig an ihrem Glas.

»Ich auch nicht. Weißt du noch, worum du mich in Wiesbaden gebeten hast? Falls du immer noch wissen willst, wie es war.« Sean setzte sich mit untergeschlagenen Beinen ans andere Ende der Couch und hoffte insgeheim, sie würde nein sagen.

Stattdessen sah sie ihn skeptisch — oder erwartungsvoll? — an. »Ich dachte, du hättest es vergessen. Oder geglaubt, ich hätte es vergessen. Wir sind vielleicht auf einem guten Weg, Freunde zu werden, aber das Thema Ehebruch ist trotz gewisser Bedürfnisse immer noch aktuell.«

Dass sie ›Ehebruch‹ statt ›Scheidung‹ sagte, gab ihm Hoffnung. Eine winzige Hoffnung, zugegeben.

»Soll ich mich auf jenen Nachmittag beschränken oder etwas weiter ausholen?«

»Fang bloß nicht wieder davon an, dass du ein Kondom getragen hast. Glaubtest du wirklich, dass mich das interessiert? Die Vorgeschichte kannst du dir erst recht sparen.«

»Du hast mich damals nicht ausreden lassen. Ich sagte, sie

hatte welche, aber nicht, dass ich eins getragen habe.« Er trank einen größeren Schluck von dem Whiskey-Punsch, weil seine Kehle ziemlich trocken war. Wie Brigid es an jenem Tag gewesen war. »Du hast gefragt, wie ich uns das antun konnte, also habe ich angenommen, du wolltest hören, wie es sich abgespielt hat.«

»Das Wie und Was hat mich nie interessiert. Das Einzige, was ich je wissen wollte, ist, was du dabei empfunden hast. Aber darüber hast du kein Wort verloren.«

»Warte einen Moment, ich hole mir noch etwas Punsch. Du auch?«

Sie schüttelte den Kopf, ihr Becher war noch halb voll.

Sean stand auf und ging in die Küche. Der Topf war fast leer, die Herdplatte lief auf niedrigster Stufe. Er schaltete sie aus und kippte den Rest in seine Tasse. Fast schwappte die Flüssigkeit über den Rand, also trank er sofort einen Schluck, um nichts zu verschütten, was eher ein Alibi war. Gefühle. Sie waren längst nicht betäubt, nicht einmal ansatzweise. Noch ein Schluck.

Zurück im Wohnzimmer setzte er sich in seine Ecke der Couch, ein Bein angewinkelt, das andere auf dem Boden, einen Arm auf der Rückenlehne.

»Schon als wir Kinder waren, kannte Brigid mich besser als ich mich selbst.« Damals hatten sie keine Geheimnisse voreinander gehabt, hätte sie ihm sofort erzählt, wann, wie und wer ihr wehgetan hatte. Sean riss sich von seinen Erinnerungen los und trank erneut von seinem Punsch. »Sie hatte niemals Angst vor mir, aber als wir uns nackt gegenüberstanden, hat sie gezittert; nicht vor Lust, sondern aus Panik.«

»Sean!«, rief Maureen ungehalten. »Du tust es schon wieder. Bitte verschon mich mit technischen Details. Vor unserem ersten Mal hast du gesagt, du würdest mich jeden Mann vergessen lassen, mit dem ich je Sex hatte. Klingt verdächtig nach: ›Du sollst keine Götter neben mir haben‹. Wolltest du dir selbst beweisen, dass du das nach wie vor tun kannst, mit wem und wann immer du willst?«

Unterdessen war seine Tasse leer, aber er fühlte sich nicht im Geringsten benebelt. Ihr verächtlicher Tonfall weckte seinen Zorn. »Es ging keine Sekunde darum, was *ich* wollte! Glaubst du wirklich, ich hätte es genossen? Es war mehr Arbeit als Vergnügen!« *Beruhige dich, verdammt, Aggression ist der falsche Weg.* Es gelang ihm halbwegs, nachdem er sich auf die Zunge gebissen hatte, was er kaum spürte. »Du willst wissen, was ich empfunden habe? Wut. Auf Trevor, der sie jahrelang misshandelt hat, auf Brigid, weil sie es mir verschwiegen hat, bis sie fast gestorben wäre. Sogar auf mich selbst, weil ich damals nicht aufmerksam genug zwischen den Zeilen gelesen habe. Ich habe mich geschämt, weil ich so glücklich war, während sie niemanden hatte, der sie liebt, wie ich dich liebe. Es hat mir wehgetan, wie panisch sie reagiert hat. Auf mich, dem sie ihr Leben lang vertraut hat. Ihr ein einziges Mal die Glückseligkeit zu schenken, die jede Frau verdient, war das Mindeste, was ich tun konnte. Ich glaubte, dass du dafür Verständnis hättest. Brigid war auch deine Freundin.«

Sean stand auf und goss sich einen Whiskey ein. Er hielt die Flasche hoch und sah Maureen fragend an.

Sie schüttelte den Kopf. »Sind alle Männer so blöd?

Keine Frau hat je Verständnis dafür, wenn ihr Mann mit ihrer Freundin schläft, egal wie eng oder locker diese Freundschaft ist. Stell dir einfach vor, ich würde mit einem deiner Freunde schlafen. Nur so, weil mir gerade danach ist.«

Sean versuchte, sich Maureen mit Paul, Liam oder Hector vorzustellen und es war nicht der Whiskey, der in seiner Kehle brannte. Aber schließlich mochte sie die nicht einmal besonders. Was wusste er über ihre Freunde? Es hatte ihn nie interessiert. Weil sie alle in Deutschland lebten?

Sie hatte ihm erzählt, dass der Mann ihrer Cousine sie belästigt hatte, als sie zwanzig war – und noch Jungfrau! In diesem Alter konnte er bereits auf fünf Jahre Erfahrung in unzähligen Betten, Scheunen oder auf Autorücksitzen zurückblicken.

Er erinnerte sich vage an den Vater dieser Teenager-zwillinge, die ihn auf der Hochzeitsfeier angehimmelt hatten und von dem Brigid später gesagt hatte, er sei sehr nett zu ihr gewesen. Sie hätte sogar fast mit ihm getanzt, sich aber dann doch nicht getraut.

Er leerte sein Glas, füllte es großzügig nach, ging zurück zur Couch und stellte es auf den Tisch. Dann kniete er vor Maureen nieder und legte beide Hände auf sein Herz.

»Glaubst du mir jetzt, dass ich dich nicht betrogen habe? Du wusstest von meinem Versprechen. Das habe ich erfüllt und damit ist es erledigt.«

»Mag sein, dass es für dich zutrifft, aber was ist mir ihr? Mich hat sie immerhin gefragt, ob du jedes Mal so fantastisch bist und behauptet, dass du ihr noch nie einen Wunsch abgeschlagen hättest.«

»Den habe ich schon abele — abgelehnt.« Hui, zeigte der Alkohol jetzt doch seine Wirkung? *Sprich langsam, McLeary.*

»Das ist ja sehr interessant. Sie hat dich also tatsächlich darum gebeten.«

»Das war nicht ernst gemeint, nur ein Test. Wir haben uns in Dublin getroffen, ein paar Tage, bevor sie nach Chicago geflohen — geflogen ist.«

»Trifft ja beides zu.« Klang ihre Stimme ein wenig amüsiert? »Hast du daran gedacht, dass du ihr einen Bärendienst erwiesen hast? Wahrscheinlich begegnet sie nie wieder jemanden wie dir. So einfühlsam, so versiert.« Das war definitiv ironisch gemeint.

Das pelzige Gefühl in seiner Zunge ließ plötzlich nach, dafür stimmte etwas nicht mit seinen Füßen. Hatte er überhaupt noch Zehen? Er stützte sich auf Tisch und Polster, stand auf und fiel mehr oder weniger in seine Ecke der Couch. Ihre nächsten Worte klangen etwas versöhnlicher. Vielleicht bildete er sich das aber auch nur ein.

»Ihr schreibt euch wieder Briefe, nicht wahr? Frag sie nach den amerikanischen Männern. Die sollen ja ziemlich verklemmt sein, heißt es. Wahrscheinlich nur eine dumme Verallgemeinerung. Gibt auf jedem Kontinent solche und solche. Aber vielleicht hat sie von ihrer Chefin bereits eine andere Art von körperlicher Nähe erfahren, die zum selben Ergebnis führt.«

Sean griff nach seinem Glas und trank es aus. »Du hast nichts dagegen, wenn wir uns schreiben?« Skype erwähnte er besser nicht, geschweige denn widerlegte er die Vermutung Chris betreffend. Es wurde zunehmend schwieriger, sich zu konzentrieren.

»Warum sollte ich, solange es nur Papier ist, das den Atlantik überquert. Das seid ihr ja gewohnt. Eine letzte Frage, Sean. Bist du auch gekommen?«

»Zwangsläufig.« Es war so geil gewesen, Strongboy an ihren unsichtbaren Narben zu reiben. Selbst jetzt war es ihm noch peinlich, dass er beinahe vorzeitig ... »Eine rein körperliche Reaktion.«

»Aha. Und was war dann vorgestern? Du bist mittendrin einfach eingeschlafen.«

»Du doch auch. Das war kein Sex, wir haben Liebe gemacht. Hassu-was vermisst?«

»Unvollendetes kann durchaus vollkommen sein.« Sie nahm ihm das leere Glas aus der Hand und stellte es auf den Tisch. »Ich habe dich noch nie betrunken erlebt.«

»Sisnich — es ist nicht einfach, darüber zu reden. Erinnern tut weh. Alles tut mir leid. Brigid, du. Ich mir auch.« Er fuhr sich mit beiden Händen über das Gesicht, presste die Fäuste auf seine Augen. Fühlte ihre Hand auf seiner Schulter und sah auf. Maureen saß ihm nicht mehr gegenüber. Wann war sie aufgestanden?

»Gute Nacht, Sean. Du kannst gern weitersaufen, dann fahre ich morgen früh ohne dich nach Idstein.«

»Ich mach alles, wassu von mir verlangss, Engel. Alles.«

Sie sah ihn einen Moment nachdenklich an, dann nickte sie, drehte sich um und ging. Hatte sie ihm verziehen? Er hatte keine Ahnung.

Maren lag noch lange wach und dachte darüber nach, was Sean erzählt hatte. Nicht was, sondern wie er es gesagt hatte, überzeugte sie davon, dass seine Beteuerung, sie nicht betrogen zu haben, keine Schutzbehauptung war. Anders als bei seinen früheren Eroberungen hatte er es nie darauf angelegt, Sex mit Brigid zu haben. Er wollte ihr lediglich die Angst davor nehmen, ihr den Weg zu einer neuen, gewaltfreien Beziehung ebnen. Weil er der einzige Mann war, dem sie vertraute, Worte aber nicht ausreichten, glaubte er, sie nur mit Taten überzeugen zu können. Eine äußerst unorthodoxe Therapie, aber irgendwie verständlich. Was ihn sonst noch mit ihr verband, und immer verbinden würde ...

In den letzten Wochen hatte sie erfahren, was er unter wahrer Freundschaft und bedingungslosem Vertrauen verstand. Weil er endlich seinen Schutzpanzer Stück für Stück abgelegt, seine Seele entblößt und seine Gedanken mit ihr geteilt hatte.

Sie war nach Deutschland gekommen, um der Versuchung zu entfliehen. Reine Feigheit. Prompt rief Sean bei Leander an, weil er befürchtete, sie könnte bei ihm sein. Sie hatte ihn gefragt, was er getan hätte, wenn Christa Sauer ihm nichts von ihrem Termin erzählt hätte.

»Die anderen Ministerien angerufen, sämtliche Volkshochschulen, die Bank, in der du gearbeitet hast, weil du dich vielleicht mit ehemaligen Kollegen verabredet haben könntest. Ich hatte einfach nur Glück. Luck of the Irish.«

»Ich hätte auch in Thüringen oder Niedersachsen sein können.«

»Und dort ebenfalls Termine gehabt. Ich weiß, dass du

solche Gelegenheiten nicht ungenutzt verstreichen lässt, also hätte ich früher oder später Erfolg gehabt.«

Damit hätte sie eigentlich rechnen müssen. Nun lebten sie zusammen in dieser Wohnung, fast wie in ›The Ferns‹. Wo sie viel lieber wäre. Andererseits hätte das ›Projekt Freundschaft‹ dort kaum funktioniert. Die Frage war, funktionierte es hier? Konnte es überhaupt irgendwo funktionieren? Sie hatten sich in den letzten drei Wochen besser kennengelernt, als in den anderthalb Jahren zuvor, fielen nicht mehr bei jeder Gelegenheit übereinander her, aber waren sie deshalb schon Freunde geworden?

Mit seinen Worten ›alles, was du von mir verlangst‹, hatte er ihr einen Freibrief ausgestellt. War ihm bewusst, dass er zustimmen müsste, falls sie auf Scheidung bestand, oder würde er erstmals ein Versprechen brechen? Sofern er sich überhaupt daran erinnerte, schließlich war er alles andere als nüchtern gewesen.

Welchen Schluss zog sie daraus? Selbst nach dem Eklat in seinem Elternhaus hatte er die Minibar im Hotel lediglich um ein Mini-Fläschchen Wodka dezimiert. Auf ihrer Hochzeitsfeier hatte er höchstens drei Gläser Wein getrunken und sich laut Elmer auf der Stag-Party ebenfalls zurückgehalten, weil er am wichtigsten Tag in seinem Leben bei klarem Verstand sein wollte. Maren nannte es ›das McLeary-Gen‹, das ihn zwang, in jeder Lebenslage die Kontrolle zu behalten. Im Gegensatz zu seinem Vater aber nur über sich selbst, bis auf wenige Ausnahmen sogar im Bett.

Die eigentliche Frage aber war: Wie ernst war es ihr mittlerweile damit, sich von Sean scheiden zu lassen?

10.

Marens Tagebuch

»Wir hatten keinen Sex, wir haben Liebe gemacht«, hat Sean gesagt.

Was bedeutet das?

1. Er war betrunken. Kinder und Betrunkene sagen die Wahrheit.
2. Er war betrunken. Er wusste nicht, was er sagte.
3. Wenn er doch wusste, was er sagte, heißt das, dass wir bisher immer nur Sex hatten. Tollen Sex. Kann man leicht für Liebe halten, ist es aber nicht.

Abgesehen von seiner Freundschaft mit Brigid war Sex die einzige Art von Nähe, die Sean je zugelassen hat; er hat sich mit dem zufriedengegeben, was ihn in unzähligen fremden Betten erwartete: Lustbefriedigung, kurzzeitiges Vergessen seiner inneren Einsamkeit. Nach Liebe hat er nie gesucht, und sie schließlich doch gefunden: bei mir.

Moment. Wenn wir ›Ich liebe dich‹ sagten, hatten wir gerade keinen Sex. Nicht ein einziges Mal. Und während wir Sex hatten, sind diese drei Worte nie gefallen.

Er hat sogar geschwiegen, als ich ihm vorgestern meinen Traum erzählt habe, hat mich nur festgehalten und gestreichelt. Außen und innen.

Er hat recht, das war Liebe. Wir waren uns so nah wie noch nie, nicht nur körperlich. Es war von Anfang bis Ende ein einziger Höhepunkt, obwohl wir beide keinen hatten. Warum fällt mir das erst jetzt auf?

Darüber will ich im Moment nicht nachdenken. Es erinnert mich zu sehr an Victor und an die Sonntage, die wir im Bett verbracht haben. Wir haben uns geküsst, gestreichelt, und es einfach nur genossen, einander nahe zu sein. Oft war ich völlig zufrieden damit, ihn in mir zu spüren, sei es auch nur für einen kleinen Moment. Und er genauso. Was gäbe ich darum … NICHTS!

Victor ist tot. Seit zwei Jahren, elf Monaten und fünf Tagen. Sean lebt. Ich liebe ihn. Würde er verstehen, wenn ich ihm sage, dass ich trotzdem auch Victor noch liebe? Vielleicht. Aber es fällt mir schwer, darüber zu reden. Schlimm genug, dass ich allzu oft an ihn denken muss, sogar wieder von ihm träume.

Vielleicht hätte ich Sean sagen sollen, dass ich verstehe, warum er dieses hirnrissige Versprechen gehalten hat. Ihn trösten sollen, statt zuzulassen, dass er seinen Schmerz mit Alkohol betäubt. Offensichtlich habe ich ihm ebenso wehgetan wie er mir.

Wir sind quitt. Und jetzt?

11.
Mainhattan

Als Maren aus Idstein zurückkam, ging es Sean schon etwas besser, obwohl er ziemlich erschöpft wirkte. Kein Wunder, immerhin hatte sie die Whiskeyflasche, die am Abend noch fast halb voll gewesen war, am Morgen nahezu leer vorgefunden.

»Es tut mir leid, dass ich dich nicht begleiten konnte«, begrüßte er sie zerknirscht.

Maren winkte ab. »Es ist auch ohne dich gut gelaufen. Jedenfalls wollen sie sich im neuen Jahr melden. Wie bist du letzte Nacht eigentlich ins Bett gekommen?«

»Keine Ahnung, wahrscheinlich kriechend. Ich trinke nie wieder Alkohol. Höchstens ein Glas. Und nur zu besonderen Anlässen.«

»Dann hoffe ich, dass du dich gegebenenfalls daran erinnerst. Du siehst aus, als hätte dich jemand zum Kalken von Häuserwänden benutzt und vergessen, dich hinterher abzuwaschen.« Maren legte ihre Laptoptasche auf das Schuhschränkchen im Flur, hängte ihre Jacke auf und bückte sich nach der Einkaufstasche. »Kannst du schon wieder feste Nahrung zu dir nehmen? Ich habe zwei halbe Grillhähnchen mit Pommes – Chips – gekauft. Und Rollmöpse, ein beliebtes Hausmittel gegen Kater. Hast du überhaupt gefrühstückt?«

Sean folgte ihr in die Küche und sah sich skeptisch das

Glas an, das Maren ihm mit den Worten »sauer eingelegte Heringe mit Gurken« in die Hand drückte.

»Die werde ich garantiert nicht essen. Ich hatte eine Flasche Mineralwasser, Kaffee, ausnahmsweise mit Zucker, und trockenen Toast. Meine Blässe kommt eher vom Joggen in der Eiseskälte als von Übelkeit. Körperliche Anstrengung wirkt besser gegen Kater als jedes Mittel aus der Hausapotheke.«

»Woher weißt du das denn? Du trinkst doch normalerweise kaum etwas.« Sie stellte zwei Teller auf den Tisch und legte Servietten dazu.

»Im Outback war Saufen oft die einzige Freizeitbeschäftigung. Die meisten halten es nicht lange dort aus. Kriegen einen Koller und dann sind sie plötzlich weg.«

»Du nicht. Sieben Jahre sind eine lange Zeit.«

Sean zog kurz seine Schultern hoch. »Ich habe nicht ununterbrochen in Zelten mitten im Nirgendwo gelebt. Manchmal war ich eine Zeitlang in Orten, die oft nur aus einem Supermarkt, ein paar Farmhäusern und drei oder vier Kneipen bestehen. Dort findest du immer einen Job als Barmann. Ab und zu habe ich einige Monate in größeren Städten verbracht, in einem Museum oder einer Bibliothek gearbeitet, nachdem ich meine Opale verkauft hatte. Es gibt Händler, die von Mine zu Mine reisen, aber natürlich erzielt man bessere Preise, wenn man direkt zu den Edelsteinschleifern geht. Das Freizeitangebot ist dort auch abwechslungsreicher.«

»Du meinst wohl die Gesellschaft in deinem Bett. Kann ich mir lebhaft vorstellen.«

»Nun ja ...«

»Will ich gar nicht wissen«, unterbrach sie ihn, riss die Thermotüten auf und ließ Hähnchen und Pommes auf zwei Teller gleiten. »Iss, solange es noch heiß ist.«

»Falls du immer noch von einem Schneemann träumst — wach auf«, sagte Maren am nächsten Morgen, als im Küchenradio der Wetterbericht lief und der Moderator von Temperaturen im zweistelligen Bereich sprach.

»Und wenn ich von einer Schneefrau träume?«

»Da musst du in den Schwarzwald oder nach Bayern fahren. Allerdings liegt dort jetzt auch kein Schnee, im Gegensatz zu letztem Jahr, als man vielerorts nur anhand dachförmiger Hügel erkennen konnte, dass sich darunter womöglich ein Haus oder eine Scheune verbirgt. ›White Christmas‹ gibt es dieses Jahr wohl nur von Bing Crosby.«

»Aber Weihnachtsmärkte finden doch wetterunabhängig statt, oder?«

»Bist du schon wieder bereit für Bratwurst und Glühwein?«, neckte ihn Maren.

Sean schüttelte sich abwehrend. »Es gibt bestimmt auch andere Getränke.«

»Heißer Apfelwein, Feuerzangenbowle oder Lumumba.« Maren lachte, als Sean die Augen verdrehte. »Also nur Kakao mit Sahne und Lebkuchen statt Bratwurst. Da müssten wir nach Frankfurt fahren, in den kleineren Städten sind die Märkte nur am Wochenende geöffnet.«

»Können wir? Ich würde die Wolkenkratzer gern aus der Nähe sehen. Den Messeturm. Dazwischen soll es ein Historisches Viertel geben, habe ich gelesen.«

»Die Altstadt. Sie wurde erst kürzlich saniert und teilweise rekonstruiert. Ich war seitdem auch noch nicht dort. Gut, fahren wir nach Mainhattan. Heute ist Donnerstag, da sollte es nicht so voll sein wie am Wochenende. Mach dich auf den hässlichsten Weihnachtsbaum in ganz Deutschland gefasst, wenn nicht auf der ganzen Welt. Das hat Tradition.«

Wenig später verließen sie das Parkhaus Hauptwache und gingen über den Kornmarkt in Richtung Berliner Straße.

»Dort drüben ist die Paulskirche«, sagte Maren, als sie an der Fußgängerampel standen und deutete auf das kreisrunde Backsteingebäude mit dem grünen Dach, das an einen Topfdeckel erinnerte. Zur Straße hin waren zwei rechteckige Erker angebaut und auf der Rückseite erhob sich der quadratische Glockenturm, durch den man die Kirche betrat. »Sie wurde 1789–1833 erbaut, 1944 bei einem Luftangriff zerstört und 1948 wiederaufgebaut, wird aber seither nicht mehr als Kirche genutzt. Sie gilt als Denkmal, weil hundert Jahre zuvor die erste deutsche Nationalversammlung darin stattfand. Heutzutage wird sie für Ausstellungen und öffentliche Veranstaltungen genutzt, zum Beispiel die Verleihung des Friedenspreises des Deutschen Buchhandels.«

Sie wollte noch mehr erzählen, doch plötzlich rief hinter ihnen eine Frauenstimme: »Maren! Bist du das wirklich?«

Maren zuckte zusammen und Sean legte rasch seinen Arm um ihre Schulter.

Marie kam auf sie zugeschossen, umarmte erst Maren, dann Sean, bedachte beide mit Wangenküsschen und wechselte ins Englische: »Und Sean natürlich — verliebt wie am ersten Tag. Ich will schwer hoffen, dass ihr gerade erst eingeflogen seid und du noch keine Zeit hattest, uns anzurufen.« Dabei drohte sie Maren mit einem Finger.

»Was machst *du* denn um diese Zeit hier? Solltest du nicht irgendwo teure Möbel arrangieren?«, fragte Maren scherzhaft, ohne auf Maries Bemerkung einzugehen.

»Ich bin auf dem Weg zu einem neuen Kunden. Wie lange bleibt ihr? Wo wohnt ihr? Egal, ihr kommt auf jeden Fall am Sonntag zu uns, keine Widerrede! Es gibt Lasagne und Tiramisu. Carlo macht seine spezielle Feuerzangenbowle, wie immer.«

»War ja klar, ohne geht's nicht. Außerdem musst du mir nicht drohen, du weißt genau, dass ich Ninas Kochkünsten noch nie widerstehen konnte. Wir haben übrigens letzte Woche von euch gesprochen.«

»Nur Gutes, will ich hoffen. Tut mir leid, ich muss mich beeilen. Potentielle Auftraggeber warten zu lassen, ist schlecht fürs Geschäft. Dann bis Sonntag!« Damit drehte sie sich um und verschwand mit schnellen Schritten in einer Seitenstraße.

»Was war das denn?« Sean blickte ihr kopfschüttelnd hinterher. »Oder besser: Wer war das?«

»Marie. Du müsstest dich an sie erinnern, schließlich hast du auf unserer Hochzeit mit ihr getanzt. Nun ja, mit wem nicht«, fügte sie verschmitzt hinzu.

Er schaute sie skeptisch an. »Die Marie, an die *ich* mich erinnere, war blond, nicht gescheckt wie eine Glückskatze. Und sehr viel lässiger. Diese Frau eben war der reinste Hurrikan.«

»Marie wechselt ihre Haarfarbe mindestens dreimal jährlich. Und hektisch wird sie nur, wenn sie Termine hat. Da ist sie meistens spät dran.«

»Was ist eigentlich diese Feuerzangenbowle?«

Maren lachte. »So etwas Ähnliches wie dein Whiskey-Punsch, nur mit Rum. Man tränkt einen Zuckerhut damit und zündet ihn dann an.«

»Klingt gefährlich. Ich hoffe, es gibt auch etwas Harmloseres.«

Maren lachte. »Komm, die Ampel ist grün. Lass uns in die Paulskirche gehen. Anschließend gehen wir durch die Altstadt zum Römer. So heißt das Frankfurter Rathaus schon seit dem 15. Jahrhundert, niemand weiß, warum. Eigentlich besteht es aus drei Fachwerkgebäuden. Victor und ich haben 2006 dort geheiratet. Davor, auf dem Römerberg, ist der Weihnachtsmarkt. Der zieht sich bis runter zum Eisernen Steg, die berühmte Fußgängerbrücke über den Main. Ursprünglich 1868 erbaut, wurde sie in den letzten Kriegstagen von der Wehrmacht gesprengt und 1946 originalgetreu wieder aufgebaut. 1969 musste sie wegen der mittlerweile größeren Schiffe knapp einen halben Meter höher gesetzt werden, und 1993 bei erforderlichen Renovierungsarbeiten ein zweites Mal. Ende der Geschichtsstunde.«

Inzwischen standen sie auf dem Paulsplatz und Sean sagte: »Ich bin beeindruckt. Anfangs glaubte ich, du interessierst dich nur für Bilanzen und Diagramme. Habe mir vorgestellt, du sitzt abends zuhause und büffelst mühsam irische Geschichte. Wie es aussieht, haben wir viel mehr gemeinsam, als ich dachte.«

Genau das dachte Maren in diesem Moment auch.

»Ich habe mir wirklich einige Bücher besorgt, als ich bei euch anfing. Aber das meiste weiß ich von Elmer. Wir haben uns oft unterhalten, wenn er zwischen seinen Touren in Spiddal war. Du hast es ja vorgezogen, dich anderweitig zu amüsieren.«

»Ich war öfter in Galway«, sagte er leise. »Nicht nur zum Spaß.«

»Verstehe.« Das hätte sie sich eigentlich denken können. »Pub-Wetten und so.« Vor allem über das ›und so‹ wollte sie nichts mehr hören.

»Ciara war es lieber, wenn ich möglichst selten ihren Schreibtisch durcheinanderbrachte. Als sie mir von dir erzählt hat, war ich natürlich neugierig, aber danach … Dich zu sehen und auf Distanz bleiben zu müssen — du hättest mich wegen sexueller Belästigung verklagt, richtig? Hast du mir ja noch in Belfast angedroht.«

Sie nickte. »Du warst immerhin mein Chef. Was du jedes Mal, wenn du doch einmal aufgetaucht bist, überdeutlich demonstriert hast.«

»Reiner Selbstschutz. Ich war besessen von dir, Maureen. Schon als ich dich das erste Mal sah, in hautengen Jeans und der Bluse mit diesen winzigen Blümchen in der Farbe deiner Augen. Vergissmeinnicht. Genau das war es. Ich konnte dich einfach nicht vergessen.«

»Und ich war froh, wenn ich dich nicht sah. Habe mir eingeredet, dich zu hassen, weil ich auf deine Nähe in einer Weise reagiert habe, die mir schlaflose Nächte bereitet hat.« Sie blieb stehen und sah ihn an. »Warum hast du mich damals im Garten geküsst?«

»Ein Reflex. Ich konnte nicht anders. Hinterher hatte *ich* deswegen schlaflose Nächte. Aber gehasst habe ich dich nie, ich war eher wütend auf mich selbst.«

»Tu es noch einmal, bitte. Wie am Rhododendron.«

Sie drehte ihm den Rücken zu und sah ihn über ihre rechte Schulter an. Fühlte seine Hand auf ihrer linken. Er senkte den Kopf und sein Mund berührte ihren, nur ganz leicht. Seine Zungenspitze fuhr kurz über ihre Lippen, dann trat er einen Schritt zurück.

Wie vor fast zwei Jahren durchfuhr sie auch jetzt ein Stromstoß. Weil sie sich seit seiner Beichte nicht mehr geküsst hatten? Genaugenommen hatten sie sich seither nicht einmal berührt, und erst als Sean vorhin seinen Arm um ihre Schulter gelegt hatte, war ihr bewusst geworden, wie sehr ihr das gefehlt hatte.

»Du weißt es noch.« Sie drehte sich zu ihm um und versank im Anblick seiner Lippen.

»Natürlich. Ich habe tausend Mal davon geträumt. Und davon, was ich wegen der lauernden Blicke von Ciara und Elmer nicht gewagt habe.« Sean legte seine Hände an ihre Wangen und küsste sie noch einmal. Intensiver diesmal, verheißungsvoll. Wie ein Sonnenstrahl, der aus einer dunklen Wolke hervorbricht.

Maren seufzte leise, legte ihre Arme um seine Taille und schmiegte sich an ihn. Nahm die Menschen um sie herum nicht mehr wahr. Was wäre geschehen, wenn er das damals getan hätte? Wahrscheinlich hätte Leander vergeblich in Limerick auf sie gewartet und sie hätte nie an der Nordirlandtour teilgenommen. Weil Sean es nicht nötig gehabt hätte, sie eigens nach Belfast zu beordern, um sie in sein Bett zu locken, wie er nach der ›Demonstration‹ letzten Mittwoch zugegeben hatte. Als ob an seinen Absichten je ein Zweifel bestanden hätte.

Er beendete den Kuss und sah ihr in die Augen. »Damals wollte ich es nicht wahrhaben, heute weiß ich, dass ich bereits rettungslos in dich verliebt war.«

»Ich war es definitiv nicht, aber da ich schon fünfzehn Monate wie eine Nonne lebte, hätte ich vielleicht trotzdem sofort mit dir geschlafen. Ersatzweise mit Leander. Er hätte bestimmt nicht abgelehnt, wenn ich ihn nach den Gutenachtküssen auf dem Flur in mein Zimmer gebeten hätte.« Sie lächelte, als sie Seans Wangenmuskeln zucken sah. »Keine Ahnung, warum ich es nicht getan habe, schließlich ahnte ich nicht, dass es besser gewesen wäre, auf diese Erfahrung zu verzichten.«

»Was hat er mit dir gemacht?«

»Nichts Schlimmes, reg dich wieder ab. Vielleicht hätte ich mich mit der Zeit an seine exorbitante Anatomie gewöhnt, an den Rest jedoch nie.« Sie legte rasch ihre Hand auf seinen Mund, als er Luft holte. »Nein, frag nicht. Ich werde mit dir weder über das eine noch über das andere reden. Du hast selbst einmal gesagt, dass Größe allein nicht ausschlaggebend ist. Lass uns reingehen.«

Nachdem sie aus Frankfurt zurück waren und Maren Tee gekocht hatte, saßen sie mit angezogenen Beinen an ihren gewohnten Enden der Couch. Trotz des Kusses, der beiden Küsse, besser gesagt, und obwohl sie Spaß — und schließlich doch einen Glühwein – gehabt hatten, war die Stimmung zwischen ihnen noch immer angespannt.

»Marie hat einen Carlo erwähnt«, sagte Sean. »Ist das der Mann, der mit seinen Zwillingstöchtern auf unserer Hochzeit war?«

»Genau. Die Adventstreffen sind Tradition. Sie fanden immer reihum statt. Bei Victor und mir, bei Nina und Marie, bei Carlo und bei Robert, nie mit seiner gerade aktuellen Freundin, aber natürlich immer mit allen drei Kindern. Die Reihenfolge haben wir jedes Jahr an Halloween ausgelost.«

»Woher kennst du diesen Carlo? Du hast mir nie von ihm erzählt.«

»Du hast nie danach gefragt. Carlo und ich sind in dieselbe Klasse gegangen, haben Tarzan und Jane gespielt. Die Sommermonate haben wir mit der Clique im Schwimmbad verbracht und im Winter sind wir rodeln gegangen. Er war der erste Junge, den ich geküsst habe, da waren wir sechzehn und durften samstags in die Brotfabrik, das ist ein Kulturzentrum in Frankfurt, unter anderem mit Live-Musik. Manchmal sind wir nach Sachsenhausen gefahren, wo es jede Menge Kneipen gibt. Natürlich haben sie uns abends, wenn es richtig losging, rausgeworfen, Jugendschutzgesetz und so. Jedenfalls ›gingen‹ wir eine Zeitlang miteinander, also nicht ernsthaft, Carlo beschützte mich quasi vor Zudringlichkeiten anderer Jungs. Dabei hätte ich besser auf ihn aufpassen sollen. Er verliebte sich ausgerechnet in Corinna, die acht Jahre älter war als wir und einen gewissen Ruf hatte. Kurz nach Carlos siebzehntem Geburtstag ist sie von ihm schwanger geworden. Er hätte sie sofort geheiratet, aber das wollte sie nicht. Zwei Jahre später hat sie ihn Knall auf Fall sitzenlassen, mit zwei Babys, die gerade erst laufen lernten. Er hat nie herausgefunden, wohin sie gegangen ist — oder mit wem.«

Maren trank einen Schluck Tee, stellte ihre Tasse ab und schlang ihre Arme um die Knie, bevor sie weitersprach: »Wann immer Carlo eine ernsthafte Beziehung anfing, was in Anbetracht seiner ›Altlasten‹ schwer genug war, haben Svenja und Sonja sämtliche Register gezogen, bis sie die Frau vergrault hatten. Selbst jetzt noch, wo sie bald auf eigenen Füßen stehen. Ich hab ihm gesagt, er soll sie rauswerfen, sobald sie achtzehn sind, soll endlich einmal an sich selbst denken, aber das bringt er nie übers Herz. Carlo ist zwar aus Versehen Vater geworden, aber er ist es mit Leib und Seele. So, jetzt kennst du alle meine engeren Freunde. Und ein Stück meiner wilden Jugend. Kein Vergleich mit deiner, nicht wahr?«

Sean nickte nur, wirkte irgendwie nachdenklich. Oder vielleicht auch nicht. Weshalb sollte er? Seine nächste Frage zeigte, dass er immer noch bei Carlo war.

»Was macht er eigentlich beruflich? Ich meine, wie ist es ihm gelungen, ganz allein zwei Mädchen aufzuziehen? Sicher nicht mit einem Bürojob oder als Fernfahrer.«

»Carlo war Tierpfleger im Frankfurter Zoo. Die Zwillinge sind quasi im Affenhaus aufgewachsen. Sowohl im wörtlichen wie im übertragenen Sinn. Wenn du mich fragst, waren sie auch zu oft bei den Schlangen. Als sie in die Schule kamen, hat er neben seinem Job Tiermedizin studiert und ist heute der leitende Veterinär des Zoos.«

»Beachtliche Laufbahn. Du hast interessante Freunde, so unterschiedlich und doch scheinen sich alle gut zu verstehen. Vermisst du sie nicht?«

»Manchmal. Anfangs, also nach Victors Tod, konnte ich ihre ständige Fürsorge nicht ertragen. Sie haben sich abgesprochen, jeden Abend kam jemand vorbei oder hat mich angerufen. Erst haben sie versucht, mich zu trösten, was eher das Gegenteil bewirkte, kaum einen Monat später sollte ich ausgehen, um mich abzulenken. Das war der Hauptgrund, warum ich nach Irland geflohen bin. Sie meinten es nur gut, aber ich wollte einfach nur in Ruhe gelassen werden, allein sein. Es hat nicht lange gedauert, bis Moira mir einen Strich durch die Rechnung machte, indem sie mich bat, ihr Gemüse auszufahren. Versuch mal, einen Iren zu ignorieren, der sich mit dir unterhalten will.«

Sean nickte schmunzelnd. »Smalltalk, der den Eindruck erwecken soll, tiefgründig zu sein.« Er trank einen Schluck Tee und sah sie nachdenklich an. »Auch wir haben immer nur belanglose Gespräche geführt, statt über wirklich wichtige Dinge zu reden, wie nur echte Freunde es tun. Das habe ich jetzt begriffen.«

Maren stand auf. »Ich mach mir rasch frischen Tee, für dich auch?« Sean folgte ihr in die Küche und während sie darauf warteten, dass das Wasser kochte, lehnte sie am Kühlschrank und er an der Wand gegenüber. Wie sie schien auch er Wert auf räumliche Distanz zu legen, ließ sie aber nicht aus den Augen. Entschlossen erwiderte sie seinen intensiven Blick.

»Wir haben uns zwar in den letzten Wochen besser kennengelernt, aber du bist noch lange nicht mein Freund,

Sean. Wir befinden uns auf einer ganz anderen Ebene. Noch dazu auf einer schiefen.«

»Vertraust du mir, wie ich dir vertraue?«

»Anders als ich hattest du nie einen Grund, mir zu misstrauen.«

»Habe ich dich je belogen oder dir etwas verschwiegen, wenn du mich gefragt hast?« Sein Tonfall war so kühl wie ihrer. Und genauso unecht?

»Nein. Aber warum muss ich überhaupt fragen? Du hast nie freiwillig deine Gedanken mit mir geteilt, immer nur mein Bett.« Sie wandte sich ab und übergoss die Teebeutel in den Tassen.

Sean nahm die Zuckerdose aus dem Schrank und gab je zwei Teelöffel dazu. Jetzt trennten sie nur noch Zentimeter.

»Weil ich panische Angst hatte, dass du aufhörst, mich zu lieben, wenn du weißt, was in mir vorgeht. Brigid war der einzige Mensch, der jeden dunklen Winkel meiner Seele kennt, und sie wird immer ein Teil von mir sein. Kannst du das akzeptieren?«

Seine Stimme vibrierte und auch Maren unterdrückte ihre Emotionen nicht länger.

»Liebe lässt sich ebenso wenig einfach abschalten, Sean. Aber wenn du nicht sagst, was du denkst, reime ich mir irgendwelche Dinge zusammen. Ich habe dir gesagt, dass es mir nichts ausmacht, wenn ihr euch Briefe schreibt. Oder E-Mails, WhatsApps, von mir aus könnt ihr auch telefonieren. Aber leg mir keine Rechenschaft darüber ab, wann, wie und worüber ihr euch austauscht.« Sie zog die Teebeutel aus den Tassen, ließ sie in die Spüle fallen und drehte sich zu ihm um. »Gerade hast du behauptet, dass du mir vertraust, aber ich sehe in deinen Augen, dass du immer noch Geheimnisse vor mir hast. Du hütest sie wie Sprengbomben, die jederzeit explodieren können. Was ist so schlimm, dass du es mir verschweigen musst?«

»Schlimm ist das falsche Wort. Es fällt mir nun mal schwer, offen über Dinge zu sprechen, die mich beschäftigen. Manche davon erschrecken mich selbst.« Sean schloss kurz die Augen, stellte die Zuckerdose wieder in den Schrank und sie gingen zurück ins Wohnzimmer. Nahmen ihre gewohnten Plätze auf der Couch ein.

»Worauf willst du eigentlich hinaus, Sean?«

»In letzter Zeit habe ich immer wieder über etwas nachgedacht«, begann er zögernd. »Etwas, das uns beide betrifft. Ich hatte Angst, es auszusprechen.«

»Heißt das, jetzt hast du keine mehr? Dann sag es einfach.«

»Es ist schwer, die richtigen Worte zu finden. Mir ist plötzlich klar geworden … Willst du dich immer noch von mir scheiden lassen?«

»Das weiß ich im Moment nicht. Die juristische Seite ist komplizierter, als ich dachte. Grundsätzlich würde mir eine Trennung genügen, weil ich bestimmt nicht noch einmal heiraten werde. Aber vielleicht willst du es ja. Brigid, zum Beispiel.«

»Das ist die absurdeste Idee, von der ich je gehört habe.« Sean rollte seine Teetasse zwischen beiden Händen hin und her, trank einen Schluck und stellte sie auf den Tisch.

Maren beobachtete ihn schweigend, fragte sich, wohin dieses Gespräch führen sollte. Schließlich räusperte er sich und sah sie an.

»Mich beschäftigt eher das Gegenteil. Übrigens schon eine ganze Weile. Es passt zu dem, was du vorhin von Carlo erzählt hast. Dass er unabsichtlich Vater geworden ist, aber seine Kinder zu seinem Lebensinhalt gemacht hat, ebenfalls nicht freiwillig … Ein Mann sollte selbst bestimmen dürfen, wann er Vater werden will.«

»Das ist es, wovor du Angst hast?«, fuhr sie ihn unwirsch an. »Da kann ich dich beruhigen. Ausgerechnet jetzt von dir schwanger zu werden ist das Letzte, woran ich denke. Ich nehme immer noch die Pille.«

»Ich weiß. Die Schachtel liegt unübersehbar neben deinem Zahnputzbecher.« Sean griff wieder nach seiner Tasse, trank aber nicht.

Maren kam es vor, als wolle er sich nur an etwas festhalten. Als er weitersprach, klang seine Stimme ein wenig heiser und sein Gesichtsausdruck war alles andere als selbstsicher. Hoffnungsvoll? Ängstlich? Lauernd? »Würdest du sie wegwerfen, wenn ich dich darum bitte?«

Jetzt erschrak sie doch. Bis ins Mark. »Sag das nochmal. *Du* willst ein Kind? Mit *mir*? Das kann nicht dein Ernst sein.«

»Doch, ist es. Ich gebe zu, dass ich nie vorhatte, eigene Kinder zu haben. Weil ich glaubte, sie ebenso wenig lieben zu können, wie ich von meinen Eltern geliebt wurde. Die Gene, du weißt schon. Ich war überzeugt, Liebe sei etwas, das für mich nicht vorgesehen ist. Deshalb wollte ich auch nie heiraten. Dann kamst du.« Sean stellte seine Tasse wieder weg, streckte seine Hand nach ihr aus, ließ sie dann doch auf sein Knie fallen.

Bevor sie etwas sagen, ihm widersprechen konnte, sprudelten die Worte förmlich aus ihm heraus: »Ja, ich will ein Kind mit dir, Maureen. Mit wem sonst? Das erste Mal habe ich in Wexford daran gedacht, als ich deine Sprachnachricht gehört habe, hatte aber zu viel Angst, es auszusprechen. Das zweite Mal in der Nacht, als ich dich in ›The Ferns‹ quasi überfiel und wir sofort Sex hatten – im Türrahmen. Obwohl du mich anschließend ins Gästebett verbannt hast, dachte ich, zwischen uns sei alles geklärt, und plötzlich hatte ich keine Angst mehr. Sobald meine letzte Tour vorbei war, wollte mit dir darüber reden. Am nächsten Morgen sagtest du mir, dass du nach Deutschland willst, um dich scheiden zu lassen. Und in Wiesbaden, als wir gleich nach dem Mittagessen miteinander geschlafen haben, wünschte ich mir nur eins: genau so unser Baby zu machen. In Liebe, nicht nur aus Lust. Seitdem denke ich über den richtigen Zeitpunkt nach. Unser erster Hochzeitstag. Dann kommt sie oder er zu Beginn der Winterpause zur Welt und ich kann dabei sein. Kann die ersten Monate miterleben und . . .«

»Stopp!« Maren sprang auf, lief vor der Couch hin und her wie ein Tiger in einem zu kleinen Käfig. Fühlte sich genauso eingesperrt. »Alles was ich höre, ist ›ich, ich, ich‹. *Du* willst plötzlich Vater werden, *du* bestimmst, wie unser Kind gezeugt werden soll, *du* hast sogar bereits geplant, wann das stattzufinden hat. Was ist mit mir? Du hast mich kein einziges Mal gefragt, ob ich jemals Mutter werden will.«

»Doch, habe ich. Es ist schon etwas länger her – fast genau ein Jahr. Bitte setz dich, du machst mich nervös.«

»Du bist es, der *mich* nervös macht. Wann haben wir je über Kinder gesprochen?«

»Als Ciara glaubte, ich würde dich nur heiraten, weil du schwanger bist. Ich habe dich gefragt, ob du überhaupt Kinder willst und du hast ›noch nicht‹ gesagt. Also hast du es nicht ganz ausgeschlossen, richtig?«

Maren blieb stehen, war aber zu aufgewühlt, um sich zu setzen. »Glaubst du im Ernst, auf diese Weise könnten wir unsere Ehe kitten? Es ist nicht damit getan, dass du mir ›ein Baby machst‹, Sean. Ein Kind ist kein Klebstoff und es großzuziehen, kein Zeitvertreib. Gerade du müsstest wissen, dass aus zwei Menschen keine Familie wird, nur weil sie ein Kind zeugen.«

»Und ob ich das weiß. Nur zu gut. Traust du mir nicht zu, dass ich alles, wirklich alles tun werde, damit unsere Tochter oder unser Sohn nie an der Liebe ihres Vaters zweifeln müssen, dass sie sich immer auf meine Unterstützung verlassen können? Sie werden mit dem Wissen aufwachsen, dass ich ihre Wünsche respektiere, auch wenn ich vielleicht nicht mit allen einverstanden bin. Aber ich werde sie niemals zu etwas zwingen, was sie nicht selbst wollen. Vorhin habe ich dich gefragt, ob du mir so vertraust, wie ich dir vertraue. Tust du es?«

Dieser flehende Ton, sein Blick — fehlte nur noch, dass er seine Hand nach ihr ausstreckte. Was würde sie dann tun? Sie brauchte Zeit. Zum Nachdenken, falls sie dazu in der Lage war, aber vor allem, um herauszufinden, was sie selbst wollte. Nur mit Mühe verlieh sie ihrer Stimme einen halbwegs festen Klang. »Frag mich morgen noch mal. Jetzt lass mich bitte allein.«

12.

Marens Tagebuch

Donnerstag, 28.11.2019

Ein Kind. Gütiger Himmel.

Gerade freunde ich mich mit dem Gedanken an, dass unsere Ehe doch noch eine Chance verdient hat, aber gleich ein Kind? Sean will, dass wir ›ein Baby machen‹. Weiß sogar schon, wie und wann. Als ob man das auf den Tag genau planen könnte. Nun, das ›wie‹ schon, und ich hätte nichts gegen mehrere Versuche dieser Art.

Kann ich mir Sean als Vater vorstellen? Nein. Ich kann mir kaum vorstellen, Mutter zu sein. Ich weiß, dass er Kinder liebt – die Kinder anderer Leute. Habe ihn oft genug mit Polly und Finn und deren Freunden spielen und herumtoben sehen. Aber da hat er sich eher selbst wie ein Kind benommen.

Es besteht kein Zweifel daran, dass er sein eigenes mit der Liebe überschütten würde, die er selbst nie erfahren hat, weder von seiner Mutter und erst recht nicht von seinem Vater. Aber reicht das?

Anfangs habe ich ihn für oberflächlich und egoistisch gehalten, aber das ist nur seine Maske, die Rüstung, mit der er sich selbst schützt. Jetzt hat er sie endlich abgelegt, hat mehr als nur seinen Körper für mich entblößt. Lädt mich quasi ein, ihm das Messer ins Herz zu stoßen. Täte ich es, würde ich mit ihm sterben. Weil ich ihn trotz allem liebe, nach wie vor bereit bin, ihm mein Leben anzuvertrauen.

Ich will die Scheidung und er will ein Kind. Gibt es einen größeren Gegensatz?

Frage 1: Will ich die Scheidung?
In den letzten Wochen ist mein Entschluss ins Wanken gekommen. Wie ernst war es mir überhaupt damit? Zuerst war das die einzig logische Reaktion auf seinen Ehebruch. Mir blieb gar keine andere Wahl, als ihn rauszuwerfen, besser gesagt, ihm den Zutritt zu verwehren. Aber er ist wiedergekommen und natürlich hatten wir Sex. Versöhnungssex. Vielleicht seiner Meinung nach, also musste ich die korrigieren, im Augenblick höchster Lust. Damit er begreift, dass er keine Vergebung verdient hat. Das Messer angesetzt. Zugestoßen? Nein.

Frage 2: Will ich ein Kind?
Victor wollte unbedingt eine Familie. Zwei Kinder, vielleicht drei. Wir haben uns keine Sorgen gemacht, weil es nicht sofort geklappt hat. Dann hat er mit zwei Kollegen das Architekturbüro gegründet und wir haben beschlossen abzuwarten, bis es auf soliden Füßen steht. Als es dann so weit war, zerstörte ein Autotrans-

porter in nur einer Minute all unsere Träume und Zukunftspläne. Eine Woche danach löste sich auch meine letzte Hoffnung in Rauch auf: Der Schwangerschaftstest war wieder negativ, das Ausbleiben meiner Periode hatte lediglich psychische Ursachen gehabt.

Natürlich erinnere mich an den Tag, als Sean wissen wollte, ob ich schwanger sei, wie Ciara vermutete. Auch daran, dass ich ›noch nicht‹ gesagt habe. Heute müsste ich ›nicht jetzt‹ sagen. Müsste? Muss, selbstverständlich.

Als wir damals aus Clonakilty zurückkamen, habe ich an alles Mögliche gedacht, außer an Mutterschaft. An seinen Heiratsantrag. Die Erkenntnis, dass ich ihn liebe. Dass ich mein Leben mit ihm teilen wollte, nicht nur mein Bett. Und das will ich immer noch. Beides.

Nachtrag, 3:26 Uhr:

Ich habe geträumt, ein schwarzhaariges Baby in den Armen zu halten. Ein Mädchen. Victoria. Sieg. Als ginge es darum, wer am Ende die Schlacht gewinnt.

»Unsere Tochter ist Irin«, sagte Sean, der auf meiner Bettkante saß, und küsste das Neugeborene auf die Stirn. »Auf gar keinen Fall wird sie den Namen einer englischen Königin tragen.«

An die habe ich überhaupt nicht gedacht.

»Sie heißt Ailish und ich bin ihr Dada«, sagte Sean und

plötzlich sah ich Victor. Er stand am Fenster und weinte. Um ihn herum hatte sich schon eine Pfütze gebildet, die in allen Farben schillerte, wie Öl oder Benzin.

»Alice aus dem Wunderland.« Wer sagte das? Sean oder Victor? Ich kann mich nicht erinnern. Victors Baby wäre bestimmt blond gewesen, wie er.

Wenigstens ist es mir erspart geblieben, ihm sagen zu müssen, dass ein anderer Mann der Vater meines Kindes ist.

Victor hat nie gewollt, dass seine Tochter nach ihm benannt wird. Ihm gefiel Martina, weil das meinem Namen ähnelt, oder Martin, falls unser erstes Kind ein Junge wird.

Jetzt werde ich noch ein paar Stunden schlafen, hoffentlich traumlos.

13.
Erinnerungen

Sean hatte sich immer vor dem Tag gefürchtet, an dem eine Frau behaupten würde, sie sei schwanger von ihm. Er hatte sogar an eine Vasektomie gedacht, nur um sicherzugehen. Aber die Vorstellung, jemand würde sich mit einem Messer an seinen Kronjuwelen zu schaffen machen, hatte ihn zu sehr abgeschreckt.

Frag mich morgen noch mal, hatte Maureen gesagt. Ein Hoffnungsschimmer? Vorerst nur die Morgendämmerung. Ein Baby. Sein Kind und Maureens. Er liebte es jetzt schon, bevor er auch nur den Hauch einer Chance gehabt hatte, es zu zeugen.

Frühstück. Er würde Frühstück machen und es ihr ans Bett bringen. Sie bis zum Mittag lieben. Ihr die Frage noch einmal stellen. In genau dieser Reihenfolge.

Nachdem er geduscht hatte, ging er in die Küche, schaltete die Kaffeemaschine ein, stellte eine Pfanne auf den Herd und brutzelte Eier und Bacon. Er arrangierte Orangensaft, Butter und Honig auf einem Tablett. Als alles fertig und noch kein Laut aus ihrem Schlafzimmer gedrungen war, öffnete er leise die Tür und trat ein. Ein paar Strahlen der blassen Wintersonne fielen durch einen Spalt in den Vorhängen, ließen die goldenen Glanzlichter in Maureens dunklen Locken nur erahnen. Sie lag eingekuschelt nahe der Bettkante, eine Fußspitze lugte unter der Bettdecke hervor.

Sean stellte das Tablett auf der freien – seiner – Seite des Bettes ab.

»Wach auf, Maureen«, flüsterte er, »Frühstück ist fertig.«

Sie seufzte und zog ihren Fuß unter die Decke.

»Guten Morgen, mein Engel«, sagte er etwas lauter, strich ihr sanft ein paar Haarsträhnen aus dem Gesicht und küsste sie auf die Stirn.

»Lass mich«, murmelte sie, wollte sich die Decke über den Kopf ziehen, schnupperte dann und lächelte. »Frühstück im Bett? Ich liebe dich.« Sie schlug ihre Augen auf. »Guten Morgen, Sean.«

Maureen setzte sich auf, rutschte ans Kopfende und lehnte sich an die gepolsterte Rückwand; er nahm am Fußende Platz und stellte das Tablett zwischen sie. Während sie aßen, sprachen sie darüber, dass ihre Lebensmittelvorräte zur Neige gingen. Als er das Tablett zur Seite schob und zu seinem nächsten Programmpunkt übergehen wollte, wehrte sie ihn ab.

»Dir ist schon klar, dass wir uns das alles abschminken können, wenn wir ein Baby haben? Angefangen bei Frühstück im Bett bis zu frivolen Aktivitäten hinterher.«

»Heißt das …«, begann er hoffnungsvoll, aber sie unterbrach ihn mit einem Kopfschütteln.

»Nein. Nur eine Feststellung von Tatsachen.«

Enttäuscht ließ er sie los und wollte aufstehen.

»Warte, ich bin noch nicht fertig«, sagte sie.

Maren wickelte sich bis zum Hals in die Decke, aber die wärmte nur äußerlich. Egal.

»Du scheinst zu glauben, dass zwischen uns alles wieder in Ordnung ist. Das ist es nicht.« *Das Messer angesetzt.*

»Was willst du damit sagen?« Sean setzte sich auf die Bettkante und warf ihr lediglich einen Blick über die Schulter zu.

»Ich habe nachgedacht. Du bestehst darauf, kein Ehebrecher zu sein. Was warst du dann? Ein Klempner, der seine legendäre Rohrzange dazu benutzt hat, ihren verstopften Abfluss zu reinigen?« *Ein winziger Hautschnitt.*

»Das ist ein sehr hässliches Bild, Maureen.« Er wandte sich ab und senkte den Kopf.

Sie unterdrückte den Impuls, seinen Nacken zu berühren. Oder seine verkrampften Wangen zu streicheln. *Das Messer weglegen.*

»Sex mit dir ist eine Droge und es ist verdammt schwer, ihr zu widerstehen, aber damit sage ich dir nichts Neues. Andererseits glaube ich dir, dass du mich liebst, und ich will, dass wir an unserer Beziehung arbeiten, an der Freundschaft, dem Vertrauen.«

Sean drehte sich halb zu ihr um. »Ich bin genauso süchtig nach dir wie du nach mir. Aber ich denke auch an die Abende, an denen wir uns in den Armen gehalten und geredet haben. Nur kleine Zärtlichkeiten und intensive Küsse. Wenn ich danach allein im Bett lag, fühlte ich mich dir immer noch nahe. Natürlich halte ich lieber dich im Arm als ein Kissen. Aber wenn du darauf bestehst, bin ich bereit, bis Weihnachten auf Benefits zu verzichten. Zumindest werde ich es versuchen, versprechen kann ich es nicht.«

Maren verzog ihre Lippen zu einem kleinen Lächeln. »Brauchst du unbedingt einen Zeitplan? Machen wir es wie die Anonymen Alkoholiker: ›ein Tag nach dem anderen‹. Dann müssen wir uns beide nichts vorwerfen, wenn Kuscheln einmal nicht reichen sollte.«

»Du hast davon angefangen, dass wir keinen Sex haben sollten«, konterte er leicht verstimmt.

»Siehst du? Mir ist nicht zu trauen. Zumindest in dieser Angelegenheit. Was den Rest betrifft: Auch als ich dich zutiefst gehasst habe, weil du deinen Treueschwur gebrochen hast, habe ich nie aufgehört, dich zu lieben. Trotzdem, oder gerade deshalb, solltest du leiden, wie ich litt. Auge um Auge, Zahn um Zahn. Eine Scheidung ist keine Lösung unserer Probleme. Ein Baby jedoch auch nicht.« Sie streckte ihre Hände nach ihm aus. Hoffte, er würde sie ergreifen. Er tat es nach kurzem Zögern. »Lass uns Freunde sein, Sean. Freunde mit besonderen Vorzügen.«

»Du hättest vorhin weniger brutal sein können, aber ich liebe dich trotzdem. Du bist die Einzige für mich. In jeder Beziehung. Einstweilen nehme ich, was ich kriegen kann.«

»Fangen wir zunächst damit an, einen Einkaufszettel zu schreiben.«

Puh, bis hierher war es leichter als befürchtet. Vertrauen. Dass ich ihn liebe, steht außer Frage, es geht einzig und allein um Vertrauen. Ich will es ja. Vielleicht zweifle ich gar nicht an ihm, sondern daran, ob mein Wille stark genug ist.

Beim Verlassen des Supermarktes fiel Seans Blick auf ein Regal, in dem lediglich ein längliches Gesteck aus Tannenzweigen mit vier grünen Kerzen lag. Zwei Tage vor dem ersten Advent kein Wunder.

»Wir hätten uns früher um einen Adventskranz kümmern sollen«, sagte er enttäuscht. »Spätestens als wir beschlossen haben, hierzubleiben.«

»Haben wir gar nicht. Du wolltest nach Hause und vielleicht wäre ich mitgekommen. Es ist nur Maries Schuld, dass wir hiergeblieben sind. Das mickrige Ding hier kannst du jedenfalls vergessen.«

Sean nickte. »Vor allem wegen der Kerzen.«

Der traditionelle irische Adventskranz unterscheidet sich lediglich in den Farben der vier Kerzen von einem deutschen, sowie der zusätzlichen weißen in der Mitte, die erst am Weihnachtstag angezündet wird. Am ersten und zweiten Advent brennen lila Kerzen zur Besinnung und zur Buße, am dritten symbolisiert eine rosafarbene die Vorfreude, die letzte lilafarbene gilt als Zeichen des Friedens.

Nachdem sie die Lebensmittel im Kofferraum verstaut hatten, brachte Sean den Einkaufswagen zurück, während Maureen sich ins Auto setzte. Er dachte, sie würde dort auf ihn warten und war überrascht, als sie mit einer Vollbremsung neben ihm anhielt und ihm kaum Zeit ließ, die Tür zu schließen und sich anzuschnallen.

»Warum hast du es plötzlich so eilig? Falls wir keinen Kranz mehr finden, tun es auch ein paar Zweige. Und die Kerzen . . .«

»Lass mich in Ruhe mit deinen blöden Kerzen. Wenn du

unbedingt Buße tun willst, kannst du das mit jeder beliebigen Kerze tun. Ob du Grund zur Vorfreude hast, muss sich erst noch herausstellen.«

»Vielleicht sollten wir zuerst die Friedenskerze anzünden. Was ist los mit dir?«

»Bin ich dir nicht friedlich genug? Oder erwartest du, dass ich mich für die Rohrzange entschuldige? Bitte, ich entschuldige mich.« Es klang eher nach einer Kampfansage. »Ich gebe zu, dass ich dich verletzen wollte, wie du mich verletzt hast. Normalerweise bin ich nicht so, das weißt du. Wahrscheinlich bekomme ich meine Tage. Klingt wie eine Ausrede, ist es aber nicht. Die letzten Wochen und die Monate davor waren … egal.«

Er sah, wie fest sie das Lenkrad umklammerte und offensichtlich bemüht war, sich an die Geschwindigkeitsbeschränkung zu halten. Er hielt es für besser, die restliche Strecke bis zur Ferienwohnung zu schweigen, um sie nicht abzulenken.

Kaum hatten sie Kartons und Tüten hinter der Haustür abgestellt, drückte sie ihm den Wohnungsschlüssel in die Hand.

»Trag das Zeug allein hoch. Ich muss weg von hier.«

Damit drehte sie sich um, rannte fast zum Auto und schüttelte nur den Kopf, als Sean ihr hinterherrief: »Maureen, warte! Wohin willst du?«

Er hatte keine Ahnung, was plötzlich mit ihr los war. War er zu offen gewesen? Nicht offen genug? Maureen war praktisch geflohen. Vor ihm oder vor sich selbst? Sean spielte mit dem Gedanken, Brigid anzurufen. Wie spät war es in Chicago? Zu früh, er würde sie aus dem Schlaf reißen.

Wie hatte er jemals glauben können, er hätte etwas anderes verdient, als kurzzeitiges Vergnügen in fremden Betten? Zufallsbekanntschaften, die er beenden und vergessen konnte, wann es ihm beliebte. Das war sein Schicksal. Dabei hätte er bleiben sollen. Es hätte ihm viel Schmerz erspart.

Gütiger Himmel, er hatte sich sogar ein Kind gewünscht! Eine richtige Familie. Hatte vergessen, dass er ein McLeary war, kein Kennedy. Für einen McLeary gab es kein Happy End. Nur eine Illusion von Glück.

Du hast zu hoch gepokert und verloren. Vorbei.

Würde Maureen wiederkommen?

Sean musste zwei Mal gehen, um alle Einkäufe in die Wohnung zu tragen. Stufe für Stufe. Hinauf, hinunter, hinauf. Hätte er stundenlang tun können. Automatische Bewegungsabläufe. In seinem Kopf hämmerten die Fragen: Wo war Maureen? Was, wenn sie ihn endgültig verlassen hatte? Und warum?

Nein, sie hatte nicht einmal ihre Handtasche mitgenommen, als sie zum Supermarkt gefahren waren, nur Geldbeutel und Smartphone. Andererseits hatte sie schon einmal von heute auf morgen alles hinter sich gelassen, war mit nur einem Koffer und einer Reisetasche nach Dublin geflogen, um sich ein neues Leben in Irland aufzubauen. Wenn sie nun zum Flughafen gefahren war? Hatte sie ihren Pass dabei?

Es widerstrebte Sean, in ihren Sachen zu wühlen, aber er musste es wissen. In ihrem Nachttisch fand er ein Tagebuch. Er nahm es heraus, öffnete es aber nicht. Darunter lag Maureens Pass. Sean atmete auf, legte das Buch zurück und schloss die Schublade.

Früher hatte er immer ein Heft mit sich herumgetragen, um seine Gedanken und Erlebnisse sofort aufschreiben zu können. Er hatte Brigid seinen Schulalltag geschildert, seinen Frust zu Papier gebracht, als er die Schule verlassen und in der Gärtnerei arbeiten musste, ihr von den Kunden im English Market in Cork berichtet und von seinen ersten sexuellen Erlebnissen. Sie hatte ihm von ihren neuen Freunden erzählt, Schulkameraden und Nachbarn, von Leeds allgemein. Auch das waren fast Tagebücher gewesen; sie hatten ihre Notizen gesammelt und einmal pro Woche zur Post gebracht. Als er in Australien war, wurden die Abstände unregelmäßiger, manchmal bestanden seine Briefe aus nur einem Blatt, manchmal war es fast ein Paket. Im Gegenzug erhielt er von ihr einen oder gleich mehrere Briefe, je nachdem, wo er sich gerade aufhielt.

Natürlich hörten sie mit dem Schreiben auf, als Brigid nach Galway zog und er ebenfalls nach Irland zurückkam. Wenn er mit dem Reisebus unterwegs war, telefonierten sie jeden Abend, trafen sich an seinen freien Tagen. Er vermisste sie. Ihre manchmal derben Scherze ebenso wie ihr vorbehaltloses Vertrauen. Seine Chance, etwas Gleichwertiges mit Maureen zu erreichen, hatte er unabsichtlich zerstört, fühlte sich dennoch schuldig. Würde es ihnen je gelingen, die Scherben zu kitten, selbst wenn sie bereit wären, ein paar Risse in Kauf zu nehmen?

Sean nahm den Block aus der Küchenschublade, auf dem Maureen ihre Einkaufslisten notierte, setzte sich an den kleinen Tisch in der Ecke und begann zu schreiben.

Die Dämmerung war bereits hereingebrochen, als Sean den Stift zur Seite legte. Er konnte sich kaum daran erinnern, wann er das Licht eingeschaltet hatte. Der fast neue Block wies nur noch zwei unbeschriebene Blätter auf. Hatte er wirklich fünf Stunden ohne Pause geschrieben? Nahezu sechs Stunden, wie er nach einem Blick auf die Uhr feststellte. Kein Wunder, dass sein Magen schmerzte. Tee allein machte nicht satt, auch wenn er ihn reichlich mit Zucker versehen hatte.

Und Maureen war immer noch nicht da. Wo war sie? Bei wem war sie?

Die Trance, in die er beim Schreiben verfallen war, verflüchtigte sich schlagartig, wich brennender Sorge. Was, wenn sie einen Unfall gehabt hatte? Niemand würde ihn benachrichtigen können, falls … *Denk nicht einmal daran!*

Sean griff nach einem Schokoriegel, um seinen knurrenden Magen zu besänftigen, unfähig, auch nur ein paar Eier in die Pfanne zu hauen, geschweige denn, eine der Konserven aufzuwärmen. Nach einer Banane und einem weiteren Schokoriegel schlüpfte er in seine Stiefel, zog die Daunenjacke über und ging nach draußen, wohl wissend, dass es unsinnig war, nach Maureen zu suchen. Trotzdem trabte er im Laufschritt durch die Straßen, sah jedem Auto hinterher, in der Hoffnung, es sei der blaue Mietwagen. Inzwischen war es dunkel geworden und Erschöpfung machte sich in ihm breit. Im diffusen Licht der weit auseinanderstehenden Straßenlaternen fand er, jetzt langsamer gehend, den Weg zurück eher zufällig. Kein Auto in der Einfahrt.

Müde und noch hungriger als zuvor stieg er die Stufen

hinauf. Er rief beim Pizzadienst an, goss sich ein Glas Rotwein ein und stürzte es hinunter. Gleich noch eins, aber nur schluckweise. Medizin, um den Schmerz zu betäuben. Den in seinem Magen und den in seinem Herzen. Natürlich funktionierte beides nicht. Ihm wurde nur übel und er schaffte es gerade noch rechtzeitig ins Bad.

Um den gallig-sauren Geschmack loszuwerden, putzte er sich gründlich die Zähne. Dann füllte er das Waschbecken mit kaltem Wasser und tauchte seinen Kopf hinein. Prompt ertönte die Türglocke. *Der Pizzabote ist früh dran,* dachte er, schnappte sich ein Handtuch, drückte den Türöffner und trocknete sein Gesicht. Als er die Wohnungstür aufzog, wurde ihm kurz schwarz vor Augen.

»Ich habe keinen zweiten Schlüssel«, sagte Maureen. »Steh nicht da wie Lots Weib. Nimm mich in den Arm. Bitte.«

Sean fand, dass eher sie wie eine Salzsäule aussah, zumindest, was ihr Gesicht betraf. Unendlich erleichtert, dass sie unversehrt zu ihm zurückgekommen war, warf er das Handtuch über seine Schulter, trat einen Schritt auf sie zu und riss sie an seine Brust. »Du hast mir einen Höllenschrecken eingejagt. Mach das nie wieder, hörst du?«

»Versprochen. Ich werde es gar nicht können, wenn du mir weiter die Luft aus den Lungen presst.«

Sie sprach so leise, dass er sie kaum verstand. Er lockerte seinen Griff ein wenig und sah sie eindringlich an, als sie den Kopf hob.

»Wo warst du so lange? Ich dachte, du hättest mich verlassen. Wärst in den nächstbesten Flieger nach Irgendwo gestiegen. Lägst in irgendeinem Straßengraben oder auf der Intensivstation, womöglich sogar — verdammt, du hättest tot sein können, Maureen, und niemand hätte mir Bescheid gesagt.«

»Natürlich wärst du benachrichtigt worden. Du bist schließlich mein Notfallkontakt. Das Kärtchen mit deiner Mobilnummer steckt direkt bei meinem Organspenderausweis. Hast du das etwa nicht? Dann solltest du es schleunigst nachholen. Auf jeden Fall hast du eine äußerst blühende Fantasie. Eine ziemlich morbide noch dazu.«

Mit jedem Satz war ihre Stimme ein wenig fester geworden und am Ende verzog sie sogar die Lippen zu einem halbherzigen Lächeln. Erneut klingelte es, was Sean einer Antwort enthob und Maureen aus seinem Klammergriff erlöste.

»Erwartest du noch jemanden außer mir? Vielleicht ein Callgirl, das dir die Wartezeit versüßt und deinen Hormonhaushalt wieder ins Lot bringt?«

»Ich war einsam und ausgehungert, also habe ich schließlich zum Telefon gegriffen.« Sean, dessen Anspannung sich aufgrund ihrer flapsigen Bemerkung gelöst hatte wie Regentropfen von einem Lotusblatt, konnte sich aufgrund ihrer abwegigen Unterstellung die Zweideutigkeit nicht verkneifen. »Du weißt genau, dass ich nie für solche Dienste bezahle. Das muss meine Pizza sein. Ich habe seit heute früh nichts mehr gegessen. Na ja, ich hab's versucht, aber das ist eine andere Geschichte. Eine sehr unappetitliche.«

»Gut, ich verzichte auf die Details, wenn du mir etwas von deiner Pizza abgibst.« Sie klang schon wieder ganz normal, ging an ihm vorbei in den Flur, hängte die Jacke auf und schlüpfte aus den Schuhen.

Während er den Pizzaboten bezahlte, hörte er in der Küche Teller klappern. Der Block! Er lag noch immer auf dem Tisch. Würde sie lesen, was er geschrieben hatte? Sean schloss die Tür und eilte mit dem Pizzakarton in die Küche. Ja, sie hielt den Block in der Hand, ließ die Seiten über ihren Daumen gleiten, las aber nicht.

»Das hast du alles heute geschrieben?«

»Ja. Dabei habe ich sogar meinen knurrenden Magen vergessen. Schätze, wir brauchen einen neuen Block.« Er öffnete den Karton, stellte ihn auf den Tisch und beobachtete aus dem Augenwinkel, ob sie einen Blick auf die erste Seite warf. Aber sie sah ihn an, während sie das Deckblatt schloss.

»Du hättest Schriftsteller werden sollen.«

»Wie kommst du darauf?«

»Ciara hat mir einmal erzählt, dass sie all deine Briefe aufgehoben hat, die du ihr aus Australien geschickt hast. Die wären besser als mancher Roman.«

»Meine Schwester übertreibt gern.« Er legte eins der Pizzastücke auf einen Teller, dann ein zweites und griff nach dem dritten.

»Danke, zwei reichen. Du hast es nötiger und ich habe mir unterwegs ein Leberkäsbrötchen gekauft. Und eine Tafel Schokolade.« Sie legte den Block auf die Anrichte und setzte sich.

Sean warf den Karton in die Altpapierkiste und setzte sich ebenfalls. »Wann hast du das letzte Mal mit Ciara telefoniert?« Er konzentrierte sich darauf, nicht allzu neugierig zu klingen.

»An dem Abend, als du hier eingezogen bist. Bei aufgedrehter Dusche, damit du nichts davon mitbekommst. Sie hatte mir geschrieben, du seist eventuell auf der Suche nach mir, also hab ich ihr erzählt, dass ihre Warnung zu spät kam.«

»Ich hab mich nur gewundert, weil du sonst nie so lange duschst.« Er fragte sich, ob sie von Ciaras Schwangerschaft wusste. »Und da habt ihr nur über mich gesprochen?«

»Nein, natürlich nicht. Auch über meinen Besuch beim Anwalt, Polly und Finn, dass ich Leander getroffen habe und Elmer die Sligo-Route nach Roscommon ausdehnen will. Ein bisschen Nachbarschaftsklatsch. Hast du sie angerufen? Oder sie dich?«

»Nein. Nicht einmal eine Standpauke per WhatsApp. So rücksichtsvoll ist sie selten.«

»Sie hat dir die Hölle heiß gemacht, nicht wahr? *Meine* Freundin.«

»Elmer auch. Aber er hat mir wenigstens den Tipp mit den Gedichten gegeben.«

»Ich weiß. Zuerst habe ich gedacht, *er* hätte sie für dich geschrieben. Du hast ja nie darüber gesprochen, dass du neben dem Flachlegen von Frauen noch intellektuelle Talente besitzt.«

»Ich prahle weder mit dem einen noch mit dem anderen. Und in der Schule ein Ass gewesen zu sein, hat mir letztendlich verdammt viel genützt.«

»Sag das nicht so verbittert, Sean. Wärst du Literaturprofessor geworden, wären wir uns nie begegnet. Ich bin deine Frau. Ich habe ein Recht darauf, zu wissen, wer du eigentlich bist. Was dich beschäftigt. Was du magst und was nicht – außerhalb des Bettes. Eigentlich habe ich einen völlig Fremden geheiratet. Erst in den letzten vier Wochen lerne ich dich wirklich kennen.«

»Du weißt doch, was wir Iren sagen: ›Fremde sind Freunde, denen man noch nicht begegnet ist.‹ Du hast auch wenig von dir erzählt.«

»Weil ich den Eindruck hatte, es interessiert dich nicht.«

»Da täuschst du dich. Aber wenn ich dich gefragt hätte, hättest du mich gefragt und bekanntlich führt eins zum anderen, zu Dingen, die ich lieber vergessen würde. Wo warst du heute?«

»Das Vergessen – oder eher das Verarbeiten – schlimmer Erlebnisse fällt angeblich leichter, wenn man darüber redet. Vielleicht sollten wir das beide mal versuchen.«

Er wartete darauf, dass sie seine Frage beantwortete, aber sie tat es nicht. Warum? Stattdessen stand sie auf und fragte: »Magst du einen Nachtisch? Schokopudding mit Kirschen?«

»Vielleicht später. Lass uns ins Wohnzimmer gehen. Ich will dich in meinen Armen halten. Wir können reden oder gemeinsam schweigen. Was immer du willst.«

Es kostete ihn Überwindung, das zu sagen, weil es ihn brennend interessierte, was sie den halben Tag lang gemacht hatte. Keine Fragen. Immerhin war sie zu ihm zurückgekommen.

»Danke, dass du es mir so leicht machst, Sean. Ich habe damit gerechnet, dass du auf einer Entschuldigung bestehst, weil ich heute Morgen so gemein zu dir war und dann einfach abgehauen bin. Es tut mir aufrichtig leid.«

Wie schuldbewusst sie klang. Er stand auch auf, hielt sie an den Oberarmen fest und schüttelte sie sanft. Wartete, bis sie ihren Kopf hob und ihn ansah, fragend, ein wenig unsicher.

»Entschuldigung angenommen. Unter einer Bedingung.« Er senkte den Kopf, bis sich ihre Nasenspitzen ganz leicht berührten, seine Lippen nur noch wenige Millimeter von ihren entfernt waren. »Lass mich nie wieder stehen wie einen Müllsack am Straßenrand«, flüsterte er, und rieb mit seinen Lippen über ihren Mund, kaum mehr als ein Windhauch. Fühlte, wie sie tonlos »Versprochen« sagte.

Sie seufzte leise, als er ein wenig mehr Druck ausübte, und schließlich leckte sie über seine Lippen, nur mit ihrer Zungenspitze. Er fing sie ein, begann mit ihr zu spielen, widerstand der Versuchung, ihren Körper an sich zu ziehen, was ihm wirklich schwerfiel. Dann legte sie ihre Hände flach auf seine Brust und ließ sie dort kreisen, was ihn buchstäblich in die Knie zwang und ihm einen kehligen Laut entlockte. Abrupt beendete er den Kuss und hielt ihre Handgelenke fest.

»Tu das nicht, mein Engel. Meine Nippel sind genauso empfindlich wie deine.«

»Ich weiß. Der einzige Grund, warum Männer überhaupt welche haben. Ansonsten wären sie völlig überflüssig.« Sie schmunzelte. »Was ist jetzt mit dem Kuscheln?«

Er nickte nur. Sie gingen ins Wohnzimmer, legten sich eng aneinandergeschmiegt auf die Couch und anfangs schwiegen sie wirklich. Sean empfand es als wohltuend, genoss das Gewicht ihres Kopfes auf seiner Brust, ihre Wärme an seiner Seite und das Pochen ihres Pulsschlags in den miteinander verflochtenen Händen.

Irgendwann, kurz bevor er wegdämmerte, begann sie leise zu sprechen. Sofort war er hellwach, wollte keines ihrer Worte verpassen.

»Zuerst bin ich ziellos durch die Gegend gefahren. Wenn ich geblieben wäre, hätte ich dich nur weiter angegiftet und das wäre ungerecht gewesen. Nun ja, Verstand ist die eine Seite, Gefühle sind schwerer zu kontrollieren.«

Sie schwieg und er strich sanft über ihren Rücken. »Deshalb habe ich nie welche zugelassen. Dann kamst du und hast mich mit einem Blick auf links gedreht. Natürlich habe ich es vor mir selbst verleugnet. Sogar, als ich das erste Mal zu dir in ›The Ferns‹ kam, habe ich mir eingeredet, nur an Sex interessiert zu sein.«

»Das war an jenem Tag alles, was *ich* wollte. Ich konnte dich nicht ausstehen, aber ich wollte dich, auf der Stelle. Hormone eben. Da dir ein gewisser Ruf vorauseilte …«

»Ich wage zu behaupten, dass ich diesem voll und ganz gerecht geworden bin.«

»Stop Fishing for Compliments, Devil.« Sie knuffte ihn spielerisch in die Seite und er lachte. Nach einer Weile kam sie auf das ursprüngliche Thema zurück.

»Ich fuhr Richtung Taunus, fragte mich, ob es wirklich PMS war, das mich so unleidlich machte. Manche Frauen erwischt es regelmäßig, mich fast nie, schon vor der Pille. Gibst du mir bitte mein Weinglas? Danke. Am Nordwestkreuz bin ich abgebogen. Es ist kein richtiges Kreuz, das vierte Ohr fehlt.« Wieder schwieg sie kurz und als sie weitersprach, tat sie es so leise, dass Sean sich anstrengen musste, um die Worte zu verstehen. »Ich habe die A 5 immer gemieden, und wenn es nicht anders ging, bin ich kurz vorher auf die linke Spur gefahren und habe Gas gegeben.«

Sean erinnerte sich tatsächlich daran. Als sie nach Marburg

gefahren waren, hatte er sich gewundert, warum sie plötzlich ohne Grund die Spur gewechselt und kurzzeitig die angegebenen hundertzwanzig Stundenkilometer weit überschritten hatte. Er ahnte, was jetzt kommen würde, nahm ihr das Glas wieder ab und hielt sie etwas fester im Arm.

»Dort ist es passiert. Am 21. Dezember ist es drei Jahre her.« Sie sprach jetzt lauter, aber monoton. »Victor war schon auf der Abbiegespur, als dem LKW-Fahrer in letzter Sekunde einfiel, dass er ebenfalls dort raus musste. Er hat unseren Audi förmlich an den Brückenpfeiler gequetscht. Toter Winkel, haben die Polizisten gesagt, und dass es bald Warnsysteme geben soll. Kameras am rechten Außenspiegel, blinkende rote Lämpchen in der Fahrerkabine und so. ›LKW-Fahrer merken sogar kaum, wenn sie einen Fußgänger oder Radfahrer überrollen‹, hat einer der beiden gesagt. Als hätte mich das in diesem Moment interessiert. Ich war selbst wie tot. Alles war ein schrecklicher Albtraum und ich konnte einfach nicht aufwachen.«

Sean konnte sich nur schwer vorstellen, was sie an jenem Tag empfunden hatte. Moira hatte ihm einmal von dem Weihnachtsbaum erzählt, der bei diesem Unfall als einziges heil geblieben war. Den Maureen natürlich nicht hatte haben wollen.

»Du musst nicht weiterreden, wenn es dir wehtut, dich zu erinnern, Darling«, sagte er sanft und strich ihr über die Haare.

Sie holte zitternd Luft, sprach gehetzt. »Doch, ich muss. Ich will. Darüber zu sprechen ist nicht schlimmer, als nur daran zu denken. Glaubst du, ich könnte das jemals vergessen? Ich bin seit der Beerdigung kein einziges Mal an

Victors Grab gewesen, habe mich nicht einmal in der Nähe des Friedhofs gewagt. Vielleicht war das ein Fehler, aber ich konnte es einfach nicht. Auch heute nicht, obwohl ich mit dem Gedanken gespielt habe.« Erneut senkte sie die Stimme und ihre nächsten Worte kamen langsamer. »In Kronberg habe ich einen Kaffee getrunken, dann bin ich auf den Feldberg gefahren und herumgelaufen, bis ich nur noch ein Eiszapfen war. Danach habe ich mir in Oberursel das erwähnte Brötchen gekauft und bin auf der Sechs-sechs-eins bis Dreieich gefahren. Vielleicht erinnerst du dich, dass wir auf der Rückfahrt von Hessenpark und Saalburg dort durchgekommen sind.«

Sean nickte. »Etwa zwanzig Minuten von hier, richtig?«

»Stimmt. Dort habe ich Kerzen entdeckt. In Lila, Rosa und Weiß. Wir können sie auf die grüne Tortenplatte stellen. Von der würde ich nicht mal ein Stück Hefekuchen essen wollen. Dann war es dunkel und ich hatte Sehnsucht nach dir. Du bist mein Zuhause, Sean, wie könnte ich dich ohne ein Wort verlassen? Du hättest dir keine Sorgen um mich machen müssen. Wirst du den Brief abschicken? Das Buch, besser gesagt.«

»Ich wüsste nicht, wohin.« Der plötzliche Themenwechsel überraschte ihn. Tat es ihr doch zu weh, auszusprechen, was in ihr vorging? »Ich werde mir immer Sorgen um dich machen, wenn es dir schlecht geht. Und es ging dir schlecht. Was ist passiert, als ich den Einkaufswagen zurückgebracht habe?«

»Du hast doch gesagt, du hättest Brigids Adresse in Chicago.«

»Dieser Brief ist nicht für sie. Ich weiß nicht einmal, wer

ihn jemals lesen wird, falls überhaupt. Du hast keinen Blick auf die Überschrift geworfen?«

»Ich lese keine Briefe, die für jemand anderen bestimmt sind.«

Sie hob den Kopf und sah ihn an. Nein, eigentlich sah sie an ihm vorbei, als hätte etwas an der Wand hinter ihm ihre Aufmerksamkeit geweckt. Vielleicht eine Fliege oder eine Spinne? Er rührte sich nicht, und sie schloss die Augen, bevor sie erneut das Thema wechselte, indem sie seine vorherige Frage beantwortete.

»An dem Bistro gegenüber hing ein Plakat.« Eine winzige Träne löste sich aus ihrem Augenwinkel und rollte langsam über ihre Wange. »Statt ›Wiedereröffnung‹ stand dort ›Wiederauferstehung‹. *Endlich wieder für Sie da! Victor erwartet Sie am 21. Dezember ab 10 Uhr.* Tag und Stunde, in der Victor gestorben ist. Ich dachte, es sei eine Botschaft aus dem Totenreich. Dass er zu mir zurückkommt. Ich weiß, das klingt verrückt.«

»Wahrscheinlich nur der Name des Inhabers. Aber ich wäre genauso erschrocken.« Er strich ihr zärtlich eine Locke hinters Ohr.

»Können wir ins Bett gehen? Ich möchte in deinen Armen einschlafen. Nur schlafen.« Inzwischen war ihr die Erschöpfung sowohl anzusehen als auch anzuhören.

»Natürlich, mein Engel. Ich liebe dich.«

»Ich liebe dich auch. Von Tag zu Tag mehr.«

Während Maureen im Bad war, trug Sean die Weingläser in die Küche. Er nahm den Schreibblock, der noch immer auf der Anrichte lag, ging in sein Zimmer und steckte ihn in das Seitenfach seiner Reisetasche. Vielleicht würde er dort für die nächsten zwanzig Jahre bleiben. Auf der ersten Seite stand:

Geliebtes Kind,

Tochter oder Sohn, deinen Namen kenne ich nicht, denn während ich dies schreibe, existierst du nur in meinen Träumen, bist lediglich eine von Millionen Möglichkeiten, die in meinem Körper heranreifen. Du wurdest noch nicht einmal gezeugt, doch will ich dir erzählen, wer dein Vater ist. Zuerst sollst du wissen, dass ich deine Mutter von ganzem Herzen und aus tiefster Seele liebe.

14.

Advent

Am Sonntag schlug Maren vor, das Mittagessen ausfallen zu lassen. »Ninas Lasagne ist wirklich legendär. Du würdest es bereuen, wenn du schon satt wärst.«

»Aber brauchen wir nicht eine anständige Unterlage für dieses Teufelsgebräu?«

»Die werden wir haben, Feuerzangenbowle gibt es natürlich erst nach dem Essen. Halt dich vom Plätzchenteller fern, auch davon wird es jede Menge geben.« Sie schlug ihm spielerisch auf die Finger und packte dann eine kleine Übernachtungstasche für sie beide. »Nur für den Fall, dass wir über die Stränge schlagen.«

Entgegen ihrer Erwartung fanden sie nur ein paar Schritte vom Eingang entfernt einen Parkplatz. Die ehemalige Stadtvilla hatte drei Stockwerke, vier, wenn man das Tiefparterre mitzählte, das in zwei Wohnungen aufgeteilt war, ebenso wie das mittlere Stockwerk. Hochparterre und Dachgeschoss bestanden aus je einer Wohnung. Eine breite Sandsteintreppe führte zu einer geschnitzten Tür mit Oberlicht.

»Erinnert mich ein wenig an den Fitzwilliam Square in Dublin«, sagte Sean. »Auch wenn die Türen hier keine unterschiedlichen Farben haben.«

Inzwischen inspizierte Maren die sechs Klingelschilder und drückte auf den Knopf neben ›Bach-Blume‹. Fast sofort erhellte sich ein Display darüber, in dem Sarahs Kopf erschien.

»Tante Maren ist da«, schrie sie zur Seite hin und gleichzeitig ertönte ein Summton.

Maren schmunzelte und drückte die Tür auf. Etwa zwei Meter dahinter führten drei Eichenstufen auf einen mosaikbelegten Treppenabsatz. Die hintere Wand wurde von einem Gemälde beherrscht, das den Römer zeigte. Frauen in eleganten Kleidern und mit Sonnenschirmen flanierten an den Armen befrackter Herren samt Zylinder über das Kopfsteinpflaster. Unter dem Bild stand eine gepolsterte Bank mit einem Sammelsurium bunter Kissen. An der rechten Seitenwand wurde eine Tür aufgerissen und Sarah rannte heraus. Mit einem einzigen Satz sprang die Zehnjährige über die drei Stufen und warf sich strahlend in Marens Arme.

»Nicht so stürmisch, junge Dame, du wirfst mich ja um.« Tatsächlich konnte sie sich nur auf den Beinen halten, weil Sean hinter ihr stand und sie festhielt. »Du bist seit Februar mindestens zehn Zentimeter gewachsen, Blümchen.«

»Sagt Mama auch. Und Mom beschwert sich, dass ihre Aktiengewinne ohne Umweg in meinem Kleiderschrank verschwinden. Was willst du machen?« Sarah zog die Schultern hoch und trat einen Schritt zur Seite. »Hallo, Uncle Sean. Welcome in our humble hut.« Sie streckte ihm die Hand hin, sah aber Maren an. »War das richtig?«

»Nach bescheidener Hütte sieht es hier nicht aus.«

»Mom sagt, ich soll nicht damit angeben.«

Unterdessen verbeugte Sean sich leicht und gab Sarah einen Handkuss, was sie zum Erröten brachte. »It's my pleasure, beautiful young Lady.«

»You mustn't play Prince Charming right away«, rügte Maren ihn.

»Jealous, my love?« Sean schmunzelte und küsste Marens Wange.

»Wo bleibt ihr denn?«, ertönte eine Stimme von der Wohnungstür her und Nina trat auf den Flur. »Veranstaltet hier keine Privatparty, kommt endlich rein.«

Sie leisteten der Aufforderung Folge und Maren umarmte erst Nina, dann Marie herzlich. Sean begnügte sich mit einem Handschlag.

»Seit wann ist dein Mann so förmlich, Maren? Wir fürchten uns jedenfalls nicht vor Körperkontakt mit Heteros. Vor allem, wenn sie so gut aussehen.« Marie stellte sich auf die Zehenspitzen und gab Sean zwei Wangenküsschen.

Nina tat es ihr gleich. »Siehst du? Hat doch gar nicht wehgetan.«

»Ich wollte nur keinen zweiten Rüffel riskieren. Einen habe ich mir schon eingefangen, weil ich ein klein wenig mit Sarah geflirtet habe. Eure Tochter ist wirklich bezaubernd.«

»Und du bist ein Süßholzraspler. Setzt euch doch. Kleiner Martini vor dem Essen? Carlo müsste auch jeden Moment da sein. Er kommt ohne seine Monster. Wir haben ihm wohlweislich verschwiegen, dass ihr hier seid. Die zwei hätten glatt ihre eigene Party sausen lassen, nur um dich zu sehen, Sean.«

»Wir wollten jede Art von Handgreiflichkeiten vermeiden«, fügte Nina feixend hinzu. »Ich bin gespannt, ob er seine neue Freundin mitbringt. Regina arbeitet als Erzieherin im Jugendclub des Zoos. Sie sind seit September zusammen und bisher ist es ihm gelungen, sie vor den Zwillingen geheimzuhalten.«

»Oh, davon wusste ich gar nichts. Wir haben schon eine ganze Weile nicht miteinander telefoniert. Meine Schuld. Es gab . . .« Bevor Maren weitersprechen konnte, ertönte die Türklingel. Was ganz gut war, denn eigentlich wollte sie nicht näher auf die letzten drei Monate eingehen.

Sarah flitzte wieder zur Eingangstür, blieb aber diesmal im Rahmen stehen und rief kurz darauf: »Onkel Carlo ist ganz allein und hat nur eine Kiste dabei!«

»Und die ist nicht mal für dich, kleine Maus. Da ist der Topf für die Feuerzangenbowle drin und was man sonst noch dafür braucht«, hörte Maren seine Stimme aus dem Treppenhaus und kurz darauf betrat er den Flur.

»Am besten stellst du sie gleich hier ab«, kommandierte Sarah. »Wir haben nämlich eine Überraschung für dich. Du rätst nie, wer da ist!«

»Sollte ich denn?«

»Onkel Robert ist es schon mal nicht. Der ist noch in Indien.«

»Und Maren ist in Irland. Hast du etwa einen Freund?«

»Quatsch. Jungs sind doof.«

»Eine Freundin?«

»Jede Menge. Aber nicht so, wie du denkst. Jetzt mach schon!«

Maren unterdrückte mühsam ein Lachen, stand auf und ging zu dem Rundbogen, der in die Diele führte. »Genau. Was dauert denn da so lange?«, fragte sie.

Carlo, der gerade seinen Mantel an die Garderobe hängen wollte, fuhr herum und verfehlte den Haken, worauf Sarah sich mit den Worten: »Ts, ts, ts. Immer muss man hinter euch Männern herräumen«, nach dem Kleidungsstück bückte.

Unterdessen rief Carlo verblüfft: »Floh! Bist du das wirklich?«

Maren strahlte ihn an. »Komm her und überzeug dich, Ritter Lanzelot. Vielleicht bin ich nur ein Hologramm.«

Carlo machte drei Riesenschritte auf Maren zu und riss sie in seine Arme. »Echt. Du bist echt«, murmelte er, hielt sie ein kleines Stück von sich, küsste sie auf den Mund und drückte sie dann erneut an sich. »Warum sagt mir niemand, dass du hier bist? Ich hätte fast einen Herzinfarkt gekriegt. Bist du allein oder ist — oh, hallo Sean. Excuse me for . . .«

Maren lachte. »Keine Angst, du Held, ich hab ihm schon alles von uns erzählt.«

Carlo schien erleichtert zu sein, ließ sie los und begrüßte Sean mit einem kräftigen Händedruck.

Schon hakte Maren sich wieder bei ihm unter und zog ihn in Richtung Esstisch. »Tut mir leid, dass ich dich in letzter Zeit so vernachlässigt habe. Irgendwie ging alles drunter und drüber, du warst in Urlaub und — ach, egal. Ich freu mich so, dich zu sehen. Du hast eine Freundin, hab ich gehört. Warum hast du sie nicht mitgebracht?«

»Regina liegt leider mit einer Erkältung im Bett. Zu meiner Schande muss ich gestehen, dass ich jetzt fast froh darüber bin. Sie könnte leicht auf falsche Gedanken kommen. Was ist mit dir, Floh?« Carlo warf einen raschen Seitenblick zu Sean und senkte seine Stimme. »Behandelt er dich gut? Falls er es nicht tut, lade ich ihn zu einer exklusiven Privatführung ins Reptilienhaus ein. Wir haben zwei neue Würgeschlangen.«

»Du musst nicht flüstern, Sean hat immer noch kein Deutsch gelernt. Und danke für das Angebot, aber ich hab alles im Griff.«

Carlo runzelte kurz die Stirn und Maren schüttelte leicht den Kopf. Es war weder der richtige Ort noch die richtige Zeit, um Carlo zu erzählen, was seit ihrem letzten Telefonat vorgefallen war. Obwohl sie das wirklich gern getan hätte. Einfach, um zu hören, was er dazu zu sagen hatte.

Sean schluckte die Säure hinunter, die in seiner Kehle aufstieg. Seine Schattenelfe in den Armen eines anderen Mannes! Ihre Lippen auf seinen. Das hatte er schon einmal gesehen, damals, als sie L. B. am Flughafen in Belfast begrüßt hatte. Das hatte ihm nicht gepasst, aber es hatte auch nicht weh getan. Noch dazu unterhielten sie sich auf Deutsch. Über ihn? Er hatte sehr wohl den kurzen Blick bemerkt, den Carlo ihm zugeworfen hatte, ihr Kopfschütteln.

»Es macht dir doch nichts aus, Sean«, sagte Carlo entschuldigend und natürlich auf Englisch, als Maureen sich auf den Stuhl neben ihn setzte. »Schließlich hast du Maren die ganze Zeit für dich allein, während ich mich mit ein paar Stunden begnügen muss.«

»Schon in Ordnung. Ihr habt euch sicher einiges zu erzählen.« Sean setzte sich ihnen gegenüber, dachte, *solange ihr nicht im Gästezimmer verschwindet,* obwohl er wusste, dass sie das nie tun würden. Hatten sie in der Vergangenheit ja auch nicht. Platonisch. Alles war rein platonisch.

Die Unterhaltung war lebhaft und fand größtenteils auf Englisch statt, manchmal aber auch auf Deutsch. Dann fühlte er sich ausgeschlossen und widmete sich Sarah, die neben ihm saß, und ihrem putzigen Englisch. Manchmal fragte sie eine ihrer Mütter etwas auf Deutsch, die es dann übersetzten.

Natürlich sprachen sie auch über die bevorstehenden Unterhauswahlen in London und den Brexit, wollten seine Meinung dazu hören und welche Folgen der Austritt für den Grenzverkehr zwischen Irland und Nordirland hatte. Irgendwann stand Carlo auf und verschwand für eine Weile in der Küche, während Sarah ihren Müttern dabei half, das Geschirr zusammenzuräumen. Allerdings ließen sie es auf dem Tisch stehen.

»Carlo mag es nicht, wenn man ihm über die Schulter schaut. Das Rezept für seine Feuerzangenbowle unterliegt der nationalen Sicherheit«, erklärte Nina grinsend.

Maureen trat hinter seinen Stuhl und legte ihre Hände auf seine Schultern. »Komm auf die Couch, da ist es gemütlicher.« Sie strich mit den Daumen über seine Ohrläppchen. »Fühlst du dich wohl? Entschuldige, wenn wir ab und zu ins Deutsche verfallen. Du verpasst nichts Wichtiges.« Dann beugte sie sich vor und strich mit den Lippen über seine Wange.

Sean drehte den Kopf und küsste sie. »Schon in Ordnung, mein Engel.«

Küsste sie gleich nochmal. Inniger jetzt, fast besitzergreifend. Fühlte sich erleichtert, als sie den Kuss erwiderte. Und noch mehr, als sie mit ihm zu einem der Zweiersofas ging und sich an ihn lehnte. Er legte einen Arm um ihre Schultern und entspannte sich. Alles war gut.

Marie stellte bauchige Keramikbecher und zwei Schalen mit Plätzchen auf den Couchtisch, Nina platzierte einen Rechaud in der Mitte und zündete den Brenner darin an. Schließlich kam Carlo mit einem Topf aus der Küche, stellte ihn auf den Rechaud und legte einen flachen Metallstab mit einem Schlitz in der Mitte darüber. Einen kleineren befestigte er auf einem der Becher, legte ein paar Stücke Würfelzucker darauf und verschwand noch einmal in der Küche. Kurz darauf kam er mit einem kegelförmigen Zuckerblock und einer Thermoskanne zurück. Sean beobachtete, wie er den Kegel auf den Topf legte und etwas über die Zuckerwürfel streute, das wie Asche aussah.

»Ein Medizinstudium ist für vieles gut«, meinte er, schraubte die Thermoskanne auf und goss eine dampfende rote Flüssigkeit in den Becher. »Feuerzangenpunsch. Meine Mädels haben ihn geliebt. Er besteht hauptsächlich aus Kirschsaft mit ein, zwei geheimen Zutaten.« Dann hielt er ein Streichholz an die Zuckerwürfel und tatsächlich tanzten kleine Flämmchen darüber.

»So, jetzt zu uns. Hast du schon mal Feuerzangenbowle getrunken, Sean? Maren sagte, ihr wart auf dem Weihnachtsmarkt. Schreckliches Gesöff, was sie da servieren.«

»Nein, ich hab's nicht probiert.«

»Sean macht Whiskey-Punsch, der ist mindestens so gehaltvoll wie deine Bowle«, sagte Maureen, griff in eine Plätzchenschale und steckte Sean ein kugeliges, mit drei geschälten Mandeln verziertes Etwas in den Mund. Es schmeckte nach Marzipan.

»Bethmännchen«, erklärte sie, »ein Frankfurter Traditionsgebäck. Mit einer Legende. Die Gebrüder Bethmann haben 1748 eine sehr erfolgreiche Privatbank gegründet, die erst 1976 von der Bayerischen Vereinsbank übernommen wurde. Angeblich stammt das Rezept von einem französischen Konditor, der Anfang des 19. Jahrhunderts für die Familie Bethmann arbeitete. Die Mandelhälften stehen für die vier Söhne.«

»Ich sehe aber nur drei.«

»Das liegt daran, dass einer der Söhne 1845 gestorben ist. Bethmännchen isst man nur an Weihnachten.«

Unterdessen tränkte Carlo den Zuckerkegel mit Rum, darauf bedacht, dass nichts davon direkt in die Bowle tropfte. Dann stellte er die Flasche auf dem Fensterbrett ab und griff nach einer übergroßen Streichholzschachtel.

»Halt, du kannst noch nicht anfangen«, sagte Maureen, hielt Carlos Hand fest und wandte sich an Nina: »Was ist mit der DVD?«

»Na ja, der Film ist schließlich auf Deutsch und da dachte ich … Sean versteht doch kein Wort davon.«

»Papperlapapp. Tradition ist Tradition. ›Dinner for One‹ an Silvester und ›Die Feuerzangenbowle‹ am ersten Advent. Ich übersetz ihm das Wesentliche. ›Jähderr nor oinen wönzigen Schlock‹ beispielsweise.« Maureen lachte übermütig, als sie ›övrybody only one toiny golp‹ sagte. »Ist kein echter Dialekt, glaube ich.«

Es freute Sean, dass sie ihre melancholische Stimmung, die erst im Lauf des Samstags allmählich abgeklungen war, inzwischen restlos überwunden zu haben schien. Vielleicht war sie etwas zu albern, aber das waren sie alle, und so dachte er sich nichts weiter dabei.

Nina zog eine DVD aus einem Regal, legte sie in den Player und schaltete den Fernseher ein. Es schien ein alter Schwarz-Weiß-Film zu sein. Dieser und der Hauptdarsteller mit dem unaussprechlichen Namen hatten anscheinend Kultstatus.

Nun riss Carlo ein Streichholz an und hielt es an den alkoholgetränkten Zuckerhut, der sofort Feuer fing. Dann setzte er sich in den Sessel neben Maureen. Erste Tropfen geschmolzenen Zuckers fielen in die Flüssigkeit. Auf dem Bildschirm hatten sich einige distinguiert aussehende Herren um einen ebensolchen Topf versammelt. Zeitgleich mit dem Schauspieler griff Carlo nach der Schöpfkelle und füllte die Becher. Sean nippte vorsichtig. Ein starkes Gebräu, längst nicht so süß, wie er erwartet hatte, aber wahrscheinlich war man bereits von einem Becher benebelt. Er beschloss, sich zurückzuhalten, weil es keine gute Idee war, sich innerhalb von fünf Tagen zweimal die Lichter auszublasen. Und weil er auf Maureen achten musste, die genüsslich die Augen verdrehte und schon bald ihren Becher zum zweiten Mal nachfüllen ließ, während sie ihm flüsternd die wesentlichen Dialoge übersetzte, inklusive ›Pfeiffer mit drei f, eins vor dem Ei, zwei dahinter‹.

Obwohl sie zwischendurch mit Carlo sprach — manchmal Deutsch, manchmal Englisch — und hin und wieder nach seiner Hand fasste oder er seine auf ihr Knie legte, schmiegte sie sich weiterhin an ihn, ihren Ehemann. *Genau, wie es sein soll,* dachte er zufrieden.

Sean lehnte ab, als Carlo zum dritten Mal die Schöpfkelle über seinen Becher hielt. Maureen dagegen nickte. Dann war der Film zu Ende und niemand war mehr nüchtern, er selbst strenggenommen auch nicht. Sarah hatte sich auf ihrem Sessel eingerollt wie ein Kätzchen und schlief. Nina und Marie kicherten albern über etwas, das Maureen sagte. Sie sprachen jetzt wieder Deutsch und er hatte keine Ahnung, worüber, meinte aber, mehrfach Victors Namen zu hören.

Während Nina und Marie lebhaft erzählten, verflüchtigte sich Maureens Ausgelassenheit von Minute zu Minute. Sie wurde immer stiller, wirkte zunehmend angespannt und wenn sie etwas sagte, dann leise und abgehackt. Carlos Stimme klang eher beschwichtigend, schließlich beugte er sich über die Armlehne und legte seine Hand auf ihren Oberarm. Maureen schüttelte sie mit einer heftigen Armbewegung ab. Sie begann zu zittern und Tränen liefen über ihr Gesicht, was Sean in Rage versetzte. Er nahm sie fest in seine Arme und rief: »Shut up, you drunken fools! Can't you see, what you're doing to her?«

Carlo warf ihm einen entschuldigenden Blick zu, ging vor ihr auf die Knie, streichelte ihren Oberschenkel und sagte — jetzt auf Englisch: »Wir sind hier, Floh, wir sind alle hier. Lass es raus. Wir sind für dich da.« Maureen entzog sich erneut Carlos Berührung, kroch fast auf Seans Schoß und begann haltlos zu schluchzen.

Nina und Marie halfen sich gegenseitig beim Aufstehen, gingen leicht schwankend hinter die Couch und legten ihre Hände auf Maureens Schultern.

»Alles wird gut, Liebes«, nuschelte Marie und Nina sagte erstaunlich klar: »Gib endlich zu, dass du nie um Victor getrauert hast. Stattdessen bist du abgehauen und hast deinen Schmerz betäubt, indem du ihn mit neuen Freundschaften, einem neuen Job und schließlich mit einer neuen Liebe übertüncht hast. Aber so werden deine Wunden nie heilen.«

Das kannte er aus eigener leidvoller Erfahrung. Und er hätte schon viel früher merken müssen, wie es um sie stand. Um ihr Herz und ihre Seele. Ihre Maske war ebenso undurchlässig wie seine. Höchste Zeit, sie abzulegen, zu verbrennen und neu zu beginnen. Wie Phönix aus der Asche.

»Ich habe viel zu lange zugelassen, dass du mir — uns allen und sogar dir selbst — eine heile Welt vorgespielt hast«, sagte Carlo. »Wir hätten dir viel früher auf die Pelle rücken sollen.«

Sie sprachen jetzt größtenteils Englisch, etwas verwaschen, aber Sean konnte sich das meiste zusammenreimen. Er hielt Maureen fest in seinen Armen, flüsterte ein ums andere Mal: »Ich bin für dich da, mein Engel. Immer. Ich liebe dich. Zweifle nie daran.«

Nach einer geraumen Weile und fast der ganzen Schachtel Papiertaschentücher, die Nina aus dem Bad geholt hatte, sah Maureen aus geröteten Augen zu ihm auf.

»Bitte bring mich weg von hier, Sean. Ich will nach Hause.«

Instinktiv wusste er, dass sie nicht von der Ferienwohnung sprach, sondern von ›The Ferns‹, ihrem wahren Zuhause. »Selbstverständlich, Maureen.«

Wortlos umarmte sie Marie, Nina und Carlo, streichelte Sarahs Wange. Weil sie etwas unsicher auf den Beinen war, trug er sie zum Auto und fuhr nach Mörfelden-Walldorf. Ihre Tränen schienen fürs Erste versiegt zu sein, aber weil sie schwieg, sagte auch er nichts.

Als sie später in seinen Armen eingeschlafen war, schlich er ins Wohnzimmer, fuhr den Laptop hoch, rief die Buchungswebsite von Aer Lingus auf und setzte ihre Namen auf die allgemeine Warteliste.

Maren fühlte sich erschöpft, aber auch irgendwie befreit, als sie am Morgen erwachte. Sie schmiegte sich an Sean, der automatisch seine Arme um sie legte und »Maureen« murmelte. Dann schlief er weiter und auch sie döste noch einmal ein.

Während sie später Kaffee kochte, kontrollierte Sean das E-Mail-Postfach auf dem Laptop. Aer Lingus hatte den Mittagsflug am nächsten Tag bestätigt.

»Schade«, sagte er, »ich habe gehofft, wir könnten schon heute fliegen.«

Maren griff nach Seans Händen. »Es gibt einen Grund, warum die Flüge heute ausgebucht sind«, murmelte sie.

Er las in ihren Augen und nickte. »Ja, den gibt es wohl. Ich lasse dich aber ungern allein fahren«, sagte er zärtlich.

Sie lächelte dankbar und sagte mit fester Stimme: »Das will ich auch gar nicht. Lass uns zuerst frühstücken.«

Sie brauchten eine Stunde bis zum Friedhof, weil Maren die A 5 mied und stattdessen über Flörsheim und am Main entlang fuhr. Sie musste sich beim Friedhofsgärtner, den sie seinerzeit mit der Grabpflege beauftragt hatte, nach der Lage von Victors Grab erkundigen, da sie nur verschwommene Erinnerungen an den Weg von der Kapelle dorthin hatte. Nachdem sie zweimal falsch abgebogen waren, fanden sie schließlich das mit schwarzem und weißem Kies bestreute Viereck, auf dem lediglich ein Herz aus Moos und Tannenzweigen vor der schlichten Steinplatte mit dem Namenszug lag. Eine Weile standen sie schweigend davor, Sean einen Schritt hinter ihr, ohne sie zu berühren, wofür sie dankbar war. Nur seine Nähe zu fühlen, die Wärme, die sein Körper ausstrahlte, gab ihr Sicherheit. Irgendwann begann sie leise zu sprechen.

»Das hier bist nicht du, Victor. Das ist nur der Ort, an dem deine Asche liegt. Deine Seele war die ganze Zeit bei mir. Heute gebe ich sie dir zurück, damit du Frieden findest. Und ich bringe dir Sean, den Mann, den ich ebenso sehr liebe, wie ich dich geliebt habe und immer lieben werde. In meinem Herzen ist genug Platz für euch beide.«

Dann wandte sie sich zu Sean um und übersetzte den letzten Satz. Er drückte kurz ihre Schultern, trat einen Schritt nach vorn und kniete sich auf die Einfassung des Grabes. Maren beobachtete, wie er seinen Kopf senkte und seine Hände flach auf die Kiesel legte.

»Ich stehe zutiefst in deiner Schuld, Victor. Dein Tod hat mir das Leben gebracht. Hier und heute verspreche ich dir, dass deine Frau, die jetzt meine ist, niemals an meiner Liebe, meiner Treue und meiner Freundschaft zweifeln muss.«

Als er nach einer Minute des Schweigens aufstand, hielt er zwei Kiesel in seinen Händen. Er nahm ihre Hand, legte den weißen hinein und schloss ihre Finger darum. Den schwarzen steckte er in die Innentasche seiner Jacke.

Maren glaubte, Victors Stimme zu hören, die flüsterte: »Vertrau ihm, Reni.«

Ihre Tränen flossen lautlos, als sie sich in Seans Arme schmiegte, absolut sicher, dass er sein Versprechen, das er Victor gegeben hatte, halten würde.

»Wie konntet ihr alle so sicher sein, dass ich meine Scheidungsabsichten aufgebe?«, fragte Maren, als sie zusammen mit Ciara und Aoife in Galway nach den letzten Weihnachtsgeschenken suchte.

»Du liebst diesen Hallodri«, sagte Ciara lapidar.

»Ex-Hallodri«, korrigierte Aoife. »Du hast sein Leben umgekrempelt.«

»Er meins auch. Inzwischen weiß ich, wie irrational ich mich verhalten habe. Natürlich wollte ich ihn für das bestrafen, was er getan hat, aber in Wahrheit eher mich selbst. Weil ich einem finsteren Winkel meines Herzens überzeugt war, genau dasselbe zu tun, nämlich Victor mit ihm zu betrügen — und umgekehrt. Das ist mir aber erst an dem Adventsabend bei meinen Freunden bewusst geworden.«

»Dann bist du dir jetzt sicher, was du willst?«, fragte Aoife.

»Ja, das bin ich. Es war höchste Zeit, erwachsen zu werden.«

Im Januar kehrten Maren und Sean nach Deutschland zurück, um die vereinbarten VHS-Termine wahrzunehmen. Bei der Gelegenheit telefonierte sie mit Nina, Marie und Carlo. Marie schlug vor, sich in einem Restaurant zu treffen, dessen Umbau sie geplant und überwacht hatte und das zwei Tage später eröffnet werden sollte. Carlo entschuldigte sich zunächst für sein ›gedankenloses Geschwafel über alte Zeiten‹ am Adventsabend. »Es tut mir so leid, Floh. Ich hätte merken müssen, wie weh dir das getan hat.«

»Wie solltest du? Ich habe mich jahrelang selbst belogen und damit auch euch. Was viel wichtiger ist: Wirst du uns diesmal deine Freundin vorstellen?«

»Gina hat ihre Erkältung glücklicherweise besiegt, aber vor allem ist sie immun gegen die Sticheleien meiner Zwillingsmonster«, behauptete er. »Kommt doch am Nachmittag in den Zoo. Ich zeige euch ein paar Ecken, die Besucher normalerweise nie zu sehen bekommen. Anschließend können wir gemeinsam zu Maries Nobelschuppen fahren.«

»Er nennt sie Gina«, sagte Maren mit einem glücklichen Lächeln zu Sean, nachdem sie das Telefongespräch beendet hatte.

»Träumst du jetzt außer von einer indischen auch noch von einer italienischen Hochzeit?« Er schmunzelte. »Gina und Carlo Monti – klingt jedenfalls hübsch.«

Sie schüttelte den Kopf. »Monti ist nur Carlos Spitzname, tatsächlich heißt er Montag. In seinem Stammbaum gibt es nicht den kleinsten italienischen Ast. Also wird es eine deutsche Hochzeit. Natürlich muss ich Regina erst mal auf den Zahn fühlen, bevor ich ihr meinen besten Freund anvertraue.«

»Ich liebe dich.«

»Und ich liebe dich – endlich ohne Gewissensbisse.«

Dennoch wollte sie kein zweites Mal Victors Grab besuchen.

Das Restaurant war zwar elegant, aber Marens Sorge, unpassend gekleidet zu sein, stellte sich als unbegründet heraus. Natürlich war es zu kalt, um auf der Dachterrasse zu sitzen, aber auch vom Innenraum aus hatte man einen beeindruckenden Blick über die Stadt. Auf der Speisekarte standen neben ein paar internationalen hauptsächlich regionale Spezialitäten. Sie wählten unterschiedliche Gerichte und ermunterten Sean, von allen zu probieren. Die Unterhaltung fand ausschließlich auf Englisch statt.

»Es war mehr als unhöflich von uns, Deutsch zu sprechen«, entschuldigte sich Nina. »Wir wollten dich nicht absichtlich ausschließen, Sean.«

»Ihr wart an jenem Abend alle nicht mehr ganz zurechnungsfähig. Maureen hat mir inzwischen erzählt, worum es ging. Reden wir nicht mehr davon.«

Maren wechselte einen zärtlichen Blick mit Sean und fügte hinzu: »Immerhin habt ihr dafür gesorgt, dass ich mich meiner zu lange verdrängten Trauer um Victor gestellt habe. Das ging anscheinend nur auf die harte Tour. Danke dafür und Themawechsel. Wo bleibt der Champagner? Lasst uns auf die Zukunft anstoßen!«

15.

Marens Tagebuch

Donnerstag, 20.2.2020

Jetzt ist es offiziell. Dabei kann es gar nicht sein. Aber ich habe es gesehen. Wirklich und wahrhaftig. Ciara ist völlig aus dem Häuschen. Sean hat noch keine Ahnung. Er ist mit Elmer nach Enniskillen gefahren und sie kommen erst morgen Abend wieder.

»Die paar Wochen Abstand sind sogar ganz gut«, hat Ciara gemeint. »Falls mein Bruder es nicht schafft, kann ich dich begleiten. Ist immerhin mitten in der Hochsaison.«

Das allerdings glaube ich nicht. Er wird eher darauf bestehen, dass wir sämtliche August-Touren canceln. Oder einen Ersatzfahrer einstellen. Tschüss, schöner Gewinn.

Ich wäre nie auf die Idee gekommen, zum Arzt zu gehen, wenn Ciara mich nicht gebeten hätte, sie zu ihrem Termin zu fahren. Nur, weil ich dann schon mal da war, dachte ich, eine Routineuntersuchung könnte nicht schaden. Und dann so etwas.

An Weihnachten habe ich Sean versprochen, die Pille abzusetzen, wenn im Januar letzte Schachtel aufgebraucht sei. Er sagte, der Name unseres Kindes müsse mit ›A‹ beginnen und danach könnten wir uns vielleicht noch etwas weiter durch das Alphabet arbeiten. Bei ›Grace oder Gordon‹ bin ich einfach aufgestanden und ins Bett gegangen.

Er hat natürlich gehofft, dass sein Zeitplan aufgeht, und sich letzten Samstag, unserem Hochzeitstag, mächtig ins Zeug gelegt, obwohl ich es für unwahrscheinlich hielt, gleich bei der ersten Gelegenheit schwanger zu werden. Damit habe ich recht behalten, denn ich bin bereits im dritten Monat.

Es ist unmöglich. Mir war nie übel. Erst vor drei Wochen hatte ich meine Tage. Zugegeben, wieder einmal etwas verspätet und eher schwach. Ciaras Doktor meinte, Schmierblutungen kämen in den ersten drei Monaten öfter vor, als man gemeinhin annimmt. Die hält man dann oft für eine normale Periode, die nur weniger ausgeprägt verläuft. Er sprach von ›Einnistungsblutung‹ und davon, dass auch die weitere Einnahme der Pille dazu führen kann. Wenigstens haben die Hormone keinen schädlichen Einfluss auf die Entwicklung des Babys.

Ich kann es immer noch nicht glauben. Wann ist das passiert? Als wir ›Überfall in Belfast‹ gespielt haben? Könnte hinkommen. Wieso konnte es überhaupt passieren? Seit zwei Jahren habe ich kein einziges Mal die Pille vergessen, habe nie irgendwelche Antibiotika oder Beruhigungsmittel genommen. Erst als der Arzt Johanniskraut erwähnte, fiel mir der Kräutertee ein, den wir in Deutschland abends öfter getrunken haben. Wer denkt denn an sowas? Hätte ich mal den Waschzettel aufmerksamer gelesen.

Auf dem Ultraschallmonitor habe ich das winzige Herz schlagen sehen. Auf dem Foto ist rein gar nichts zu erkennen, nur formlose Flecken in hellerem und dunklerem Grau. Aidan oder Ailish? Mir ist beides recht. Vielleicht wissen wir es am St. Patrick's Day.

Noch rund vierundzwanzig Stunden muss ich es ohne Sean aushalten. Das sollte nicht allzu schwer sein, weil kein Zweifel mehr daran besteht, dass wir für immer zusammensein werden.

ENDE

Was es noch zu sagen gibt ...

Herzlichen Dank für eure Treue, liebe Leserinnen und Leser. Dank auch an meine Testleserinnen für eure Kommentare und Anregungen, auch wenn ich nicht jeden eurer Wünsche erfüllt habe. Schließlich an meine Autorenkolleginnen für die Diskussionen in der Kneispermühle, die dazu geführt haben, dass ich Monate nach dem »Ende« den Anfang mehrfach umgeschrieben habe.

Letztendlich bin ich sowohl an dieser als auch an anderen Stellen den Empfehlungen meiner unermüdlichen Lektorin gefolgt. Vielen Dank für deine Geduld, liebe Ursula Hahnenberg. Last but not least gilt mein Dank auch Gabi Schmid, verantwortlich für Satz, Layout und Cover. Deine kreativen Ideen begeistern mich immer wieder.

An dieser Stelle heißt es Abschied nehmen von Maren und Sean und auch von Doyle & McLeary Bustours. Das hat nichts mit Covid-19 zu tun, denn dieser Schluss stand bereits Monate vor dem Ausbruch der Pandemie fest. Warum die Geschichte ausgerechnet am 20. Februar endet? Wie einige von euch wissen, ist dies ein sehr persönliches Datum — mehr möchte ich dazu nicht sagen.

Wenn Sie mehr über meine Irlandreisen, die Entstehungsgeschichte dieser Trilogie und Ideen zu weiteren Büchern erfahren möchten, besuchen Sie meine Website www.irish-romance.de oder hinterlassen ein ›Like‹ beziehungsweise einen Kommentar auf meiner Facebookseite »Autorin Iris H. Green – Love & Landscape«. Besonders freue ich mich über Rezensionen bei LovelyBooks, Amazon, Thalia und auf sonstigen Portalen.

Die Autorin

Die Autorin lebt in Hessen und reist seit 1994 ein- bis zweimal jährlich nach Irland, mit Freunden, verschiedenen Reisegruppen oder auch allein. Sie kennt alle hier beschriebenen Orte — und noch einige mehr.

Corrib Cottage — Band 1

Nach einem Schicksalsschlag verlässt Maren Hals über Kopf ihr Zuhause im Taunus und zieht in ein Cottage in Connemara. Bald findet sie neue Freunde und einen Job bei einem Reiseunternehmen.

Sean ist einer ihrer Chefs und ein bekannter Frauenschwarm. Obwohl seine dreiste Art ihr zuwider ist, kann sie sich seiner körperlichen Anziehungskraft nicht völlig entziehen.

Leander aus Wiesbaden entspricht eher ihren Vorstellungen eines neuen Partners und während einer Nordirlandreise kommen sie sich näher. Schließlich muss sie sich entscheiden, ob sie in Irland bleibt oder nach Deutschland zurückkehrt.

Claddagh Promises— Band 2

Nach dem Tod ihres Mannes ist Maren nach Irland ausgewandert, wo sie für ›Doyle & McLeary Bustours‹ arbeitet. Lange hat sie versucht, die Avancen von Sean McLeary zu ignorieren, schwankend zwischen Anziehung und Ablehnung. Schließlich hat sie ihren Widerstand aufgegeben.

Inzwischen wohnen beide in Marens Cottage am Lough Corrib. Die letzte gemeinsame Rundreise der Saison führt sie in die Counties Cork und Kerry, schließlich nach Clonakilty, Seans Geburtsort, und zu einer unerwarteten Entscheidung.

Maren lernt Brigid kennen, Seans engste Vertraute aus Kindertagen, und findet in ihr eine weitere Freundin. Doch allzu bald wird Marens Vertrauen auf eine harte Probe gestellt.

Zeitfracht Medien GmbH
Ferdinand-Jühlke-Straße 7
99095 Erfurt, Deutschland
produktsicherheit@kolibri360.de